A

Die großen Romane
Band 106

»Es war nicht eigentlich ein Schock. Er war langsam die raue Steintreppe hinuntergegangen und hatte draußen einen Moment lang sein Moped angesehen, als würde er es nicht wiedererkennen. Dann hatte er es auf die Fahrbahn geschoben.

Das Einzige, was er seither empfand, war eine gewisse Schwere, und als er die Tür seiner Mansarde hinter sich schloss, fühlte er sich dort zum ersten Mal einsam.«

Georges Simenon, geboren 1903 im belgischen Lüttich, gestorben 1989 in Lausanne, gilt als der »meistgelesene, meistübersetzte, meistverfilmte, mit einem Wort: der erfolgreichste Schriftsteller des 20. Jahrhunderts« *(Die Zeit)*. Seine erstaunliche literarische Produktivität (75 Maigret-Romane, über 117 weitere Romane), viele Ortswechsel, zwei Ehen und unzählige Frauen bestimmten sein Leben. Rastlos bereiste er die Welt, immer auf der Suche nach dem, »was bei allen Menschen gleich ist«. Das macht seine Bücher bis heute so zeitlos.

Georges Simenon

Die Beichte

Roman

Aus dem Französischen
von Sophia Marzolff

Atlantik

Die französische Originalausgabe erschien 1966 unter dem Titel
Le Confessionnal im Verlag Presses de la Cité, Paris.
Die deutsche Erstausgabe erschien 1969 unter dem Titel
Im Beichtstuhl im Verlag Kiepenheuer & Witsch, Köln.

*Atlantik ist ein Imprint
des Hoffmann und Campe Verlags, Hamburg.*

1. Auflage 2022
Copyright © 1966 Georges Simenon Limited
GEORGES SIMENON ® Simenon.tm
All rights reserved
Copyright für die deutsche Übersetzung
© 2022 Hoffmann und Campe Verlag, Hamburg
Copyright für die deutschen Rechte
© 2018 Kampa Verlag AG, Zürich
Copyright für diese Ausgabe
© 2022 Hoffmann und Campe Verlag, Hamburg
www.hoffmann-und-campe.de
Umschlaggestaltung: Rothfos & Gabler, Hamburg
Umschlagabbildung: © DEEPOL by Plainpicture
Satz: Dörlemann Satz, Lemförde
Gesetzt aus der Stempel Garamond und der Ano
Druck und Bindung: GGP Media GmbH, Pößneck
Printed in Germany
ISBN 978-3-455-01414-3

HOFFMANN
UND CAMPE

Ein Unternehmen der
GANSKE VERLAGSGRUPPE

Erster Teil

1

»Was nimmst du?«
»Und du?«

Er zögerte kurz. Aber warum sollte er eine Rolle
spielen, warum sollte er sich nicht so geben, wie er war,
mit seinen wahren Vorlieben?

»Einen Schokoladenmilchshake.«

Und wie erwartet nahm er ein belustigtes Funkeln in
ihren Augen wahr. Aber war dieses Funkeln nicht vorhin schon da gewesen, als sie einander begegnet waren,
und lag nicht der gleiche fröhliche Spott auch in seinem
Blick?

Der Mann hinter dem Tresen mit seinen aufgekrem-
pelten Hemdsärmeln wartete. Ein Kunde hatte ihn kurz
zuvor Raoul genannt. Er war noch jung, höchstens
dreißig. Alles hier wirkte jung und unbeschwert. Die
Wände der Bar waren weiß, auch die Tische, die Stühle
und die Hocker, auf denen sie saßen.

»Ein großes Glas Milch mit zwei Kugeln Schokola-
deneis.«

Er deutete auf den Mixer, der neben den Regalreihen
mit den Flaschen stand.

»Ist das gut?«, fragte sie.

»Geschmackssache. Ich mag es.«

»Dann nehme ich das Gleiche.«

Dies alles besaß natürlich keine Bedeutung. Doch eines Tages, wer mochte das wissen, würde es vielleicht eine größere Bedeutung gewinnen. Man verlebt ahnungslos Minuten, die einem ganz alltäglich erscheinen, und Jahre später, manchmal erst im Alter, wird einem bewusst, dass sie für das restliche Leben entscheidend waren.

»Ist das hier groß genug?«, fragte Raoul und zeigte auf ein Glas, in das fast ein halber Liter passte.

»Schon. Ist die Milch gekühlt?«

Raoul holte sie aus dem Kühlschrank. Die Musik aus der Jukebox ließ den kleinen Raum vibrieren, in dem sich nur vier oder fünf Gäste befanden, zwei Mädchen in Stretchhosen und junge Burschen, die ihre Motorräder draußen am Bordstein abgestellt hatten.

André Bar war noch nie in dieser Straße gewesen, kannte nicht einmal ihren Namen. Aber was war schon ein Straßenname? Viel wichtiger war doch, dass sie beide diesen Glanz in den Augen hatten, diesen unbekümmerten, amüsierten Ausdruck, als mokierten sie sich über sich selbst oder als spürten beide instinktiv, dass sie einen Moment außerhalb der Zeit verlebten.

»Für Sie auch zwei Kugeln, Mademoiselle?«

Sie verfolgten die Zubereitung ihres Getränks wie einen fesselnden Vorgang. Der Mixer surrte; die Eiskugeln hüpften in der Milch unentschlossen auf und ab, verloren ihre Form, zerliefen und verliehen der Flüssigkeit nach und nach einen fast violetten Farbton.

»Sieht nicht sehr appetitlich aus«, bemerkte sie.

»Aber es ist lecker!«

Sie lachte.

»Warum lachst du?«

»Weil du das mit solcher Überzeugung gesagt hast! Ein anderer Junge hätte, um mich zu beeindrucken, einen Aperitif oder vielleicht einen Whisky bestellt.«

»Ich mag keinen Alkohol.«

»Auch keinen Wein?«

»Auch keinen Wein. Nicht einmal Bier. Wenn eine Nachspeise Kirschwasser oder Maraschino enthält, kann ich sie nicht essen.«

Er war einen ganzen Kopf größer als sie, einen Meter achtundsiebzig. Der Arzt meinte, in vier, fünf Jahren werde er es auf eins fünfundachtzig bringen. Er hatte breite Schultern, einen muskulösen Körper.

Vor noch nicht allzu langer Zeit hatten diese Muskeln den Kinderspeck verdrängt, der ihn jahrelang hatte verzweifeln lassen, als er der dickste Schüler in der Klasse gewesen war. Jetzt war er der stärkste.

»Trinkt man es mit einem Strohhalm?«

»Das ist so üblich.«

»Warst du schon einmal hier?«

»Nein, ich bin hier heute zum ersten Mal.«

»Gefällt dir das?«

»Was? Der Schokogeschmack?«

»Nein. Ich meine die E-Gitarre.«

Ein Mädchen mit schwarzen Haaren, die ihr schnurgerade über die Wangen fielen, hörte nämlich gerade eine Platte mit elektrischer Gitarrenmusik. Gebannt starrte sie auf die Jukebox und lehnte sich an sie, als schmiegte sie ihren Kopf an eine Männerbrust.

»Kommt darauf an. Klassische Gitarre mag ich lieber. Und du?«

»Geht mir ähnlich.«

Sie sog die Milch durch den Strohhalm, was unvermeidlich ein gurgelndes Geräusch verursachte. Zwischen ihnen herrschte so etwas wie ein stilles Einverständnis. Er war ihr davor erst zweimal begegnet, das erste Mal, als sie mit ihren Eltern zum Abendessen zu ihnen nach Cannes gekommen war, das andere Mal, als die Boisdieus die Einladung hier in Nizza erwidert hatten. Jetzt würden sicherlich einige Monate, wenn nicht Jahre vergehen, bis die beiden Familien wieder zusammentrafen.

Deshalb hatte André Bar ein wenig nachgeholfen. Er hatte den Donnerstag abgewartet, um mit seinem Moped nach Nizza zu fahren, denn er wusste, dass Francine anders als er an diesem Nachmittag Unterricht hatte. Er wusste auch, dass sie die École Danton besuchte, eine Privatschule für Buchhaltung, Stenographie und Fremdsprachen, die sich nicht weit von der Promenade in zwei Stockwerken eines Gebäudes in der Rue Paradis befand, über einem italienischen Restaurant.

Um fünf hatte sie Unterrichtsschluss, und eine Viertelstunde vorher hatte er sich mit seinem Moped etwa fünfzig Meter von dem Gebäude entfernt an den Straßenrand gestellt und abgewartet.

Es war Mai. Die Sonne schien warm, fast heiß, und

die Frauen trugen helle Kleider. Als er die Promenade des Anglais entlanggefahren war, dösten dort ältere Herrschaften unter Sonnenschirmen, und zwischen den weißen Wellenstreifen blitzten bunte Badeanzüge auf.

»Woran denkst du?«

»An nichts. Und du?«

»Auch an nichts.«

Das stimmte fast. Er dachte höchstens daran, dass sie nicht so war wie die anderen, dass sie keine solchen Hosen trug, die eng am Hintern anlagen, dass sie kein Mädchen war, das man auf dem Motorradrücksitz mitnahm.

Sie wusste zu schauspielern. Sie konnten es beide. Als er gesehen hatte, wie aus der École Danton die Schüler herausströmten, von denen manche fast zwanzig Jahre alt waren, hatte er hastig sein Moped angeworfen und so getan, als würde er zufällig durch die Straße fahren.

»Francine!«, hatte er gerufen, als er an ihr vorüberkam.

Sie hatte ihn gesehen, womöglich sogar schon, als er das Moped gestartet hatte.

»Ist das hier deine Schule?«

Als ob er das nicht wüsste!

»Was machst du denn in Nizza?«

»Ich wollte mir mal das Gymnasium ansehen, an dem nächsten Monat meine Abiturprüfung stattfindet.«

Sie hatte vorgegeben, ihm zu glauben, und dann waren sie ganz selbstverständlich nebeneinanderher durch die belebte Straße gegangen, er sein Moped schiebend und sie mit ihren Büchern und Heften unter dem Arm.

»Mir war gar nicht aufgefallen, dass du so groß bist«, sagte sie.

Da hatten beide schon jenes Lächeln im Gesicht, das André Bar bisher bei manchen Paaren auf der Straße so albern gefunden und nicht verstanden hatte.

Er fand sich selbst nicht lächerlich. Er fand auch sie nicht lächerlich. Hätte er nicht sein Moped festhalten und sie nicht ihre Bücher tragen müssen, hätten sie ebenso gut Hand in Hand gehen können.

Sie kamen an einem Blumenladen vorüber, und der Geruch von frisch geschnittenen Nelken begleitete sie ein paar Meter auf dem Trottoir. Ein Stück weiter fragte er, da ihm die Strecke bis zum Boulevard Victor-Hugo, wo sie wohnte, zu kurz erschien:

»Hast du es eilig?«

»Nicht besonders.«

»Magst du vielleicht etwas trinken?«

»Ja, würde ich gern.«

Sie hatte nicht protestiert, als er mit ihr die Avenue de la Victoire überquerte, wodurch sie sich von ihrem Zuhause entfernten, auch nicht, als er sie ziellos durch kleine Straßen führte. Und in der Tat hatten sie kein Ziel. Sie gingen einfach nur, um zusammen zu sein. André Bar hielt dabei Ausschau nach einem netten Ort, wo er mit ihr einkehren konnte, und schließlich hatten sie ihn gefunden.

»Bereitest du dich auch auf Prüfungen vor?«

»Erst für den Juli.«

»Und danach?«

»Habe ich noch ein Jahr vor mir.«

»Ist es schwer?«

»Es geht. Weniger schwer als am Gymnasium. Im Gymnasium hatte ich Mühe mitzukommen. Mir ist schnell klargeworden, dass ich das Abitur niemals schaffe. Ich bin nicht besonders auf Zack. Nicht so wie du! Hast du schon eine Ahnung, was du später mal machen willst?«

Das Gleiche hatte sie ihn schon bei ihm zu Hause gefragt, in der Mansarde, die er lieber mochte als sein Zimmer und die sein persönlicher Rückzugsort war. Während die Eltern unten im Wohnzimmer über alte Bekannte von früher sprachen und darüber, was aus ihnen geworden war, zeigte er ihr sein Reich, wo sie zu ihrer Überraschung neben einem Sammelsurium an Büchern und Schallplatten auch eine elektrische Autorennbahn vorfand.

»Magst du sie mal ausprobieren? Such dir einen Wagen aus …«

Er hatte ihr ein kleines Gerät in die Hand gedrückt.

»Zum Beschleunigen drückst du auf den Knopf hier. Um langsamer zu werden, verminderst du den Druck. Man muss vor allem in den Kurven aufpassen. Es ist kniffliger, als man denkt.«

An manchen Stellen der Mansarde musste er den Kopf einziehen, um nicht gegen die Dachbalken zu stoßen. Sie hatten sich gut amüsiert. Francine hatte ihr Auto – das blaue – ein dutzend Mal zum Überschlagen gebracht, und er hatte ihr gegenüber eine freundliche Beschützerrolle eingenommen.

»Du wirst das schnell rauskriegen. Achte darauf, dass du nicht zu plötzlich beschleunigst.«

Er war sechzehneinhalb. Sie siebzehn.

»Mit wem spielst du normalerweise?«

»Mit niemandem. Ich spiele allein. Manchmal mit meinem Vater, aber eher selten.«

»Hast du keine Freunde?«

»Nur meine Klassenkameraden.«

»Siehst du sie oft?«

»In der Schule.«

»Unternehmt ihr nichts zusammen?«

»Fast nie.«

»Warum nicht?«

»Ich weiß nicht. Ich habe keine Lust.«

Schon an jenem ersten Abend hatten beide so einen ironischen Blick gehabt, als machten sie sich über sich selbst lustig.

»Und wie ist es bei dir?«

»Ich gehe manchmal mit meiner Mutter ins Kino.«

»Gehst du abends nie allein aus?«

»Das würde mein Vater nicht gutheißen. Meine Mutter übrigens auch nicht. Sie sind da recht altmodisch. Sind deine Eltern streng?«

»Nein.«

»Lassen sie dich einfach gewähren?«

»Ich glaube schon. Sie achten nicht sehr darauf, wann ich komme oder gehe.«

»Bleibst du so lange weg, wie du willst?«

»Ich habe einen Hausschlüssel.«

Keiner von beiden fragte sich, wie es kam, dass sie sich miteinander wohlfühlten. Es war eine Tatsache, die sie akzeptierten, ohne sich darüber zu wundern.

»Ich muss dann wohl mal los.«

»Nicht noch einen Milchshake?«

»Bloß nicht! Sonst habe ich am Ende einen Liter Milch im Bauch.«

»Ich genehmige mir das manchmal. Einmal habe ich fünf solcher großen Shakes hintereinander getrunken, zwei davon mit Orange und einen mit Ananas.«

Es war keine richtige Verabredung. Es war auch keine Zufallsbegegnung. Im Grunde war es ein kleines Wunder, zu dem beide gut gelaunt beigetragen hatten. Und als sie jetzt erneut über den sonnenbeschienenen Gehweg schlenderten, legte Francine plötzlich ihre Hand auf seinen Arm und sagte:

»Ist das nicht deine Mutter dort drüben?«

»Wo?«

»Direkt gegenüber, auf der anderen Straßenseite. Sie ist gerade aus dem gelben Haus gekommen ...«

Jetzt bemerkte er sie auch, erkannte ihr hellblondes Haar, ihren resoluten Gang, ihr gemustertes Chanelkostüm in Altrosa.

»Glaubst du, sie hat uns gesehen?«, fragte er in gelangweiltem Ton.

»Nein. Sie hat sich gleich nach rechts gewandt, ohne sich umzusehen, als hätte sie es eilig. Ist es dir nicht recht, wenn sie uns zusammen sieht?«

»Das ist mir egal.«

»Was hast du denn?«

»Nichts.«

Es war kein Irrtum möglich. Er erkannte jetzt weiter unten in der Straße das rote Cabrio, auf das seine Mutter zusteuerte. Sie setzte sich hinein, streifte ihre Handschuhe über, schlug die Wagentür zu. Er war kaum zwanzig Meter von ihr entfernt, und als sie den Motor startete, schien ihm, als würden sich ihre Blicke im Rückspiegel begegnen. Das Cabrio fuhr los, bog um die nächste Straßenecke und verschwand im Nachmittagsverkehr.

Sie gingen immer noch Seite an Seite, er sein Moped schiebend, sie mit ihren Büchern unter dem Arm, aber sie bewegten sich nicht mehr auf die gleiche Weise. Francine hatte ihm nur einen verstohlenen Blick zugeworfen und keine weiteren Fragen gestellt. Sie fragte auch jetzt nichts.

Schließlich erreichten sie den Boulevard Victor-Hugo und das große steinerne Wohnhaus mit der hellen Eichenholztür, neben der rechts ein Messingschild angebracht war:

Dr. E. Boisdieu
Neurologe
Vormals Chefarzt in Paris

16

»Auf Wiedersehen, André. Danke für den Milchshake.«

»Wiedersehen, Francine.«

Er lächelte sie an, und in seinem Blick lag Wehmut, als sollten sie die Leichtigkeit dieses Nachmittags nicht mehr wiederfinden.

Er lag in seiner gewohnten Position, bäuchlings, auf dem Fußboden der Mansarde, vor sich ein Chemiebuch, als er Noémies Stimme hörte.

»Monsieur André! ... Das Abendessen steht bereit ...«

Sie hatte die Eigenheit, laut durchs Treppenhaus zu rufen, obwohl seine Mutter das nicht mochte.

»Können Sie ihn nicht wie jeden anderen auch zum Essen holen?«

»Nein, Madame. Sie werden mich nicht dazu bringen, mit meinen Krampfadern dreimal am Tag zwei Treppen hochzusteigen, nur um einen jungen Mann, der es sowieso weiß, an die Essenszeit zu erinnern.«

Sie aßen immer um halb neun zu Abend, denn sein Vater kam selten vor acht aus seiner Praxis. Diesmal blickte seine Mutter nicht demonstrativ auf Andrés Brust, um ihn darauf hinzuweisen, dass er wieder ohne Krawatte bei Tisch erschien.

Es war ein Kleinkrieg, der schon lange zwischen ihnen herrschte. Er hatte sich ein für alle Mal für eine Kleidung entschieden, in der er sich sowohl in der Schule als auch daheim und auf der Straße wohlfühlte: Hosen aus beigem Drillich, die mit jedem Waschen heller wurden,

Riemensandalen und farbige, oft karierte Hemden, deren Kragen er offen ließ.

Außer zu festlichen Anlässen trug er kein Jackett, stattdessen eine Canvasjacke für draußen und im Winter einen dicken Pulli.

»Keiner in meiner Klasse trägt eine Krawatte.«

»Da kann ich die Eltern nur beglückwünschen.«

Sein Vater mischte sich nicht ein. Er redete nur wenig, aß bedächtig, mit einer eher gleichmütigen als besorgten Miene, und obwohl er alles mitbekam, machte er doch einen abwesenden Eindruck.

Mit seinen breiten Schultern, dem kräftigen Hals und der stämmigen Brust wirkte er kleiner, als er in Wirklichkeit war. Dabei maß er einen Meter siebzig, nur acht Zentimeter weniger als sein Sohn und drei Zentimeter weniger als seine Frau, die hingegen sehr groß wirkte.

Sie löffelten still ihre Suppe, und André hatte das Gefühl, dass seiner Mutter eine Frage auf den Lippen brannte, die sie nicht aussprach. Schließlich tat sie es doch, mit abgewandtem Blick, während Noémie den Fisch servierte.

»Was hast du heute Nachmittag gemacht?«

»Ich?«

Er war drauf und dran zu lügen, nicht für sich selbst, sondern ihretwegen. Doch weil er fürchtete, rot zu werden oder sich in Ausflüchten zu verheddern, sagte er die Wahrheit:

»Ich bin mit dem Moped nach Nizza gefahren. Ich wollte mir mal das Gymnasium ansehen, wo ich die

Abiturprüfung habe. Es ist ein ziemlicher Kasten, viel hässlicher als das in Cannes.«

Sie schien zu zögern, sagte aber nichts weiter. Was hätte sie ihn auch noch fragen können? Ob er sie gesehen hatte, ob er sie erkannt hatte, in jener kleinen Straße, von der er jetzt wusste, dass sie Rue Voltaire hieß?

Sein Vater ließ seinen Blick kurz vom einen zum andern wandern, als fühlte er eine gewisse Anspannung zwischen ihnen, dann wandte er sich wieder schweigend seinem Teller zu.

Noch vor wenigen Stunden hatte sie ihn nach dem Mittagessen routinemäßig gefragt:

»Brauchst du heute den Wagen, Lucien?«

Es war ein reines Ritual, eine alte Angewohnheit, denn wochentags benutzte er fast nie das Auto. Sie wohnten in der Avenue des Anglais, wenige Schritte vom Boulevard Carnot entfernt, so nah am Gymnasium, dass man den Pausenlärm hören konnte und dass André, als er noch jünger gewesen war, manchmal auf einen Sprung nach Hause kam, um ein Glas Milch zu trinken.

Lucien Bar hatte seine Zahnarztpraxis an der Croisette, ein Stück hinter dem Carlton, Ecke Rue du Canada, und verschaffte sich gern ein bisschen Bewegung. Selbst wenn er in Eile war, verzichtete er nicht auf diese Viertelstunde zu Fuß.

Seine Frau hatte noch ungefragt hinzugefügt:

»Ich muss zu meiner Schneiderin.«

André hatte es früher schon bemerkt, aber nie war es ihm so aufgefallen wie heute: Seine Mutter konnte nicht mit Stille umgehen, und sobald sich bei Tisch Schweigen breitmachte, plauderte sie über alles Mögliche, davon, was sie unternommen hatte, was sie noch vorhatte, was eine Freundin oder ein Lieferant ihr erzählt hatte, immer ging es dabei um sie oder um etwas, was mit ihr zu tun hatte.

Jedenfalls war er sich sicher, dass sie beim Verlassen des Esszimmers gesagt hatte:

»Ich muss zu meiner Schneiderin.«

Sie hieß Madame Jamet. Als er jünger war, hatte seine Mutter ihn manchmal zu ihr mitgenommen, wenn niemand da war, um auf ihn aufzupassen, denn sie hatten nicht immer ein Hausmädchen gehabt.

Das Atelier der Schneiderin befand sich an der Landstraße nach Grasse, zwischen Rocheville und Mougins, im ersten Stock eines kleinen grauen, tristen Hauses, dessen Geruch ihm immer Unbehagen bereitet hatte.

Es gab dort eine Nähmaschine, vor dem Fenster eine Schneiderpuppe, einen Sessel, auf dem stets eine rotweiße Katze lag, und einen Spiegelschrank, in dem sich die Kundinnen während der Anproben streng begutachteten.

Als Kind hatte es ihn erstaunt, im Spiegel ein anderes Gesicht seiner Mutter zu entdecken als das ihm vertraute, mit einer etwas schiefen Nase und einem leichten Silberblick. Es machte ihn traurig. Die Besuche bei Madame Jamet waren umso bedrückender, als sie zwei Stunden oder länger dauerten.

Alles dort war ihm verhasst, angefangen bei dem

Rentner im Erdgeschoss, dem Hauseigentümer, der immer auf einem Stuhl neben der Eingangstür saß und niemals grüßte, da er die Besucherinnen als Eindringlinge betrachtete, die in sein Reich einfielen.

Ebenso zuwider waren André das dicke Nadelkissen in scheußlichem Lila, der Tisch, auf dem die Schnittmuster aus grauem Papier ausgebreitet lagen, die Heftnähte an den unfertigen Kleidern und nicht zuletzt jene dünne, alterslose kleine Frau, die die ganze Zeit über redete, selbst noch mit Stecknadeln im Mund.

Niemand hatte seine Mutter gefragt:

»Was für Kleider lässt du dir machen?«

Sie kleidete sich nicht für die Familie ein, sondern für sich selbst, und sein Vater machte ihr auch nie Komplimente für ein neues Ensemble. Sie hatte einmal erklärt, sie nehme sich die Modelle großer Modeschöpfer aus den Illustrierten zum Vorbild und Madame Jamet sei die Einzige, die fast identische Kleidungsstücke nachnähen konnte.

Hätte sie heute Mittag nichts gesagt, wäre André nicht so überrascht gewesen, sie in Nizza zu sehen, wo sie vielleicht Besorgungen zu machen hatte oder eine Freundin treffen wollte. Er konnte sich täuschen, aber er meinte in den Augen im Rückspiegel Panik gelesen zu haben.

»Vielleicht laden sich unsere Eltern ja wieder einmal zum Essen ein«, hatte Francine ohne große Überzeugung gemurmelt, als sie sich voneinander verabschiedeten.

Sie hatte nichts von einem weiteren Zufallstreffen oder gar von einer Verabredung gesagt – aber war es nicht unausgesprochen klar, dass sie einander wiedersehen würden?

»Du hast sicher viel zu tun vor deinen Prüfungen?«

»Schon. Aber es geht.«

Er bereitete sich seit längerem darauf vor, ruhig und systematisch, wie er alles anging.

»Macht es dich nicht nervös?«

»Nein.«

»Auch nicht, dass du gleich zwei Abschlüsse machst?«

»Es ist weniger hart, als man denkt.«

Ursprünglich hatte er es selbst für hart, wenn nicht für unmöglich gehalten. Fragte man ihn: »Was willst du später einmal machen?«, antwortete er immer wahrheitsgemäß: »Ich weiß es nicht.«

Alles interessierte ihn, besonders Altgriechisch, die hellenische Kultur, und voriges Jahr hatte sein Vater ihm eine dreiwöchige Griechenlandreise spendiert, die er unermüdlich mit Rucksack und gelegentlichen Übernachtungen unter freiem Himmel absolviert hatte.

Einen Winter lang hatte er auf dem Boden seiner Mansarde große Papierbögen ausgebreitet, auf denen er den Stammbaum der griechischen Götter nachzeichnete. Er hatte versucht, ihre Nachkommenschaft bis in die neunte, ja zehnte Generation zu rekonstruieren, und war beglückt, wenn er eine Aigle, einen Assarakos oder andere Namen, die nicht einmal seine Lehrer kannten, an ihre richtige Stelle zu setzen wusste.

Als er dann die ersten Teilgebiete der Biologie entdeckte, hatte er sein Taschengeld für Fachbücher ausgegeben, über deren Inhalt er lange brütete, und man fragte ihn:

»Hast du die Absicht, Medizin zu studieren?«

»Vielleicht. Jedenfalls nicht, um Kranke zu behandeln.«

Auch für Mathematik interessierte er sich, und aus dem Grund würde er in drei Wochen nicht nur zum humanistischen Abitur, sondern auch zur Prüfung in Elementarmathematik antreten.

Er war nicht aufgeregt, denn er griff den Dingen nie vor. Er zerbrach sich nicht den Kopf darüber, was kommen würde und welche Richtung sein Leben nehmen würde.

Die Entscheidung würde zu gegebener Zeit fallen, und wenn er so viel Wissen wie möglich anhäufte, dann deshalb, um sich alle Möglichkeiten offenzuhalten.

»Gehst du heute aus, André?«

»Nein, Mama.«

»Und du, Lucien?«

»Ich glaube, ich werde etwas arbeiten. Im Fernsehen läuft nichts Interessantes.«

Während Noémie den Tisch abräumte, tranken sein Vater und seine Mutter ihren Kaffee im Wohnzimmer. André nahm selbst keinen. Er trank lieber Milch. Er schämte sich nicht deswegen, wie er vorhin in der kleinen Bar in der Rue Voltaire bewiesen hatte.

Es hatte etwas von einer Fotografie, wie seine Eltern einander gegenübersaßen, und er betrachtete sie mit dem Gefühl, sie in einem neuen Licht zu sehen, bevor er sich nach oben verzog.

Im Grunde hatte er sich nie groß Gedanken über sie gemacht, darüber, was sie taten, was sie dachten, was ihr Innerstes bewegte. Und selbst wenn im Zusammenhang mit ihnen eine Frage in seinem Kopf auftauchte, neigte er dazu, sie zu verdrängen. Es waren seine Eltern. Sie lebten ihr Leben, das sie gewählt hatten, und er hatte damit nichts zu tun.

Einmal hatte seine Mutter gesagt:

»Findest du nicht, Bilot, dass du ziemlich egoistisch bist?«

Er hasste diesen Spitznamen, den man ihm als Kleinkind gegeben hatte, weil er angeblich die Katze der Concierge so genannt hatte, als sie noch in Paris lebten.

»Warum meinst du, dass ich egoistisch bin?«

»Weil du nur an dich denkst, weil du nur tust, was du dir in den Kopf gesetzt hast, ohne dich zu fragen, ob es andere vielleicht stören könnte.«

»Machen das nicht alle Kinder so?«

»Nicht alle. Ich habe welche gekannt, die …«

»Wie sollen sich Kinder denn sonst wehren? Wären sie nicht egoistisch, wie du es nennst, würden sie doch nur zu einer Kopie ihrer Eltern oder ihrer Lehrer.«

»Und du willst uns lieber nicht ähneln?«

»Wem? Dir oder Vater?«

»Einem von uns beiden.«

»Nun, ich habe zwangsläufig Ähnlichkeiten mit euch.«

Vielleicht war sie an jenem Tag etwas sensibel, sie, die sich sonst so gut im Griff hatte.

»Ich glaube, ich lebe und verhalte mich wie andere Jugendliche auch.«

»Du hast keine Freunde.«

»Wäre es dir lieber, ich würde mich diesen Motorradcliquen anschließen, die mit Mädchen hintendrauf losbrettern, um in den Kneipen Rabatz zu machen?«

»Es gibt auch andere.«

»Die sich worüber unterhalten?«

»Das weiß ich nicht. Es wird doch in deiner Klasse irgendjemanden geben, der die gleichen Interessen hat wie du?«

»Dann macht er es wie ich.«

»Was meinst du damit?«

»Er kommt ohne mich aus, so wie auch ich ohne ihn auskomme.«

In wenigen Minuten würde sein Vater sich mit einem Seufzer erheben und in das kleine technische Labor begeben, das er sich im Hochparterre der Villa eingerichtet hatte. Das war seine Mansarde. Er verfügte dort über einen elektrischen Brennofen und die für die Prothesenherstellung nötigen Geräte.

Die meisten Zahnärzte bestellen ihre Inlays, Brücken und Porzellankronen bei Spezialisten, die in der Regel von zu Hause aus arbeiten. Lucien Bar machte alles selbst, in minutiöser Feinarbeit, und brachte damit viele Abende und einen Teil seiner Nächte in der Stille des Hochparterres zu.

War es für ihn eine Frage von Perfektionismus? Oder war das Labor für ihn nur ein Zufluchtsort?

André fragte sich, was seine Mutter heute Abend machen würde. Würde sie sich vor den Fernseher setzen, egal was das Programm bot, oder eine Zeitschrift lesen und dabei eine Zigarette nach der anderen rauchen? Oder würde sie stattdessen ihre Freundin Natacha besuchen, die in einem modernen Appartement am Ende der Croisette, nahe dem Sommercasino, wohnte?

Zum ersten Mal erschien André dies alles fremd. Er hatte jahrelang dieses Leben geführt oder vielmehr daran teilgenommen, ohne ihm Beachtung zu schenken, und plötzlich war es, als würde er verwundert einen Vater und eine Mutter betrachten, die ihm unbekannt waren.

Er wollte am liebsten nicht weiter darüber nachdenken, die in ihm aufsteigenden Fragen wegschieben und zu seinen alltäglichen Beschäftigungen zurückkehren.

»Gute Nacht, Mama. Gute Nacht, Papa.«

»Guten Nacht, Sohn.«

Es berührte ihn peinlich, sie so zurückzulassen, als interessierte er sich nicht für sie und kümmerte sich nur um sein eigenes Leben.

»Denken Sie an Ihre Milch, Monsieur André?«, rief Noémie ihm aus der Küche nach, als er schon auf der Treppe war.

Er nahm jeden Abend ein Glas Milch mit nach oben, das er vor dem Einschlafen trank und zu dem er oft noch einen Apfel aß. Er ging es holen.

Als er sich am Boulevard Victor-Hugo von Francine verabschiedet hatte, war er einen Moment unschlüssig geblieben, ob er noch einmal zu der Straße zurückkehren sollte, wo er seine Mutter aus dem gelben Haus hatte kommen sehen. Er versuchte sich einzureden, dass ihn die Sache nichts anging, und wusste doch zugleich, dass es eher Feigheit von ihm war.

Er hatte nicht das Recht, die Augen vor der Wirklichkeit zu verschließen, mit Zweifeln weiterzuleben, die sich nach und nach in Gewissheiten verwandeln würden.

Also war er mit seinem Moped umgekehrt. Die Straße hieß Rue Voltaire. Das gelbe Haus gegenüber der kleinen Bar war ein dreistöckiges, altes Gebäude mit einer offen stehenden Flügeltür, und gleich daneben befanden sich auf der einen Seite ein Gemüsestand und auf der anderen ein kleiner Schmuckladen.

Er hatte sein Moped an die Hauswand gelehnt und die drei Stufen erklommen. Der Hausflur, der zu einer steinernen Treppe führte, hatte den gleichen gelben Anstrich wie die Fassade, nur schmutziger. Rechts hingen nebeneinander drei Briefkästen, auf denen jeweils eine Visitenkarte klebte.

Auf einer Messingtafel stand: *Maître J. Devouge, Gerichtsvollzieher, 1. Stock links*, und auf einem weißen Emailleschild: *F. Lederlin, Fußpflege, 1. Stock.*

Und dann hatte man noch in braunen Buchstaben direkt auf die Mauer geschrieben und einen Pfeil in Richtung Treppe hinzugefügt: *Möblierte Zimmer. Auskunft im zweiten Stock.*

Beinahe wäre er hinaufgegangen, aber dann hatte er es nicht gewagt. Oder besser gesagt, er war nur bis zum ersten Stock hochgestiegen, wo die Tür zum Büro des Gerichtsvollziehers offen stand. Eine junge Frau saß dort hinter einem Schalter wie in einem Postamt.

Ein Paar, das lachend die Treppe herunterkam, hatte ihn gestreift, und die Frau hatte sich nach ihm umgedreht, bevor sie ihrem Begleiter etwas sagte, das lustig sein musste, denn er hatte sich ebenfalls umgedreht, und sie hatten noch lauter gelacht, bevor sie Arm in Arm auf die Straße hinausstürmten.

Es war nicht eigentlich ein Schock. Er war langsam die raue Steintreppe hinuntergegangen und hatte draußen einen Moment lang sein Moped angesehen, als würde er es nicht wiedererkennen. Dann hatte er es auf die Fahrbahn geschoben.

Das Einzige, was er seither empfand, war eine gewisse Schwere, und als er die Tür seiner Mansarde hinter sich schloss, fühlte er sich dort zum ersten Mal einsam.

2

Es war etwa halb elf, als er die Schritte seines Vaters auf der Treppe hörte. Er befand sich gerade in seiner vertrauten Bauchlage auf dem Boden, mit dem Kinn in der Armbeuge. Er hatte fast die ganze erste Philippika wiedergelesen und vor ein paar Minuten, nachdem er das Buch zugeklappt hatte, eine Schallplatte aufgelegt, auf der ihm die dumpfen Klänge des Schlagzeugs gefielen. Während er zuhörte, blätterte er in einem Comicheft.

Sein Vater tauchte nicht häufig bei ihm auf, aber manchmal, wenn nur sie beide im Haus waren, kam es vor, dass Lucien Bar langsam die Treppe in den zweiten Stock hinaufstieg.

Er klopfte nicht an, verweilte aber immer, vielleicht aus Diskretion, noch einen Moment vor der Tür, und dann redeten sie in der Regel nur wenig. Es ergab sich nie ein längeres Gespräch; nur ein paar belanglose Sätze, zwischen denen lange Pausen lagen.

An diesem Abend hatte André zunächst den Impuls, sein Comicheft zuzuschlagen und schnell wieder den Demosthenes zur Hand zu nehmen, denn er sagte sich, wenn sein Vater ihn beim Lernen vorfand, würde er sich wieder zurückziehen. Doch dann verharrte er lieber regungslos, wartete etwas nervös ab, und als die Tür aufging, streckte er den Arm nach dem Plattenspieler aus, um die Musik anzuhalten.

»Störe ich dich?«

»Ich hab schon vor einer Weile mit dem Lernen aufgehört.«

Sein Vater, der genauso verlegen war wie er, zögerte noch, sich in den alten Sessel zu setzen, von dem André den roten Samt abgezogen hatte, sodass nur noch blasses Leinen zu sehen war.

»Hattest du einen schönen Tag?«

»Er war in Ordnung.«

»Und dein Ausflug nach Nizza?«

André fürchtete eine ganz bestimmte Frage, so als könnte man ihm den Vorfall in der Rue Voltaire am Gesicht ablesen, und tatsächlich folgte die behutsame, fast scheu hervorgebrachte Erkundigung:

»Irgendjemand Bekanntes getroffen?«

Inzwischen hatte Lucien Bar sich in den Sessel gesetzt, wo er eine seiner schlanken Zigarren rauchte, die er sich für den Abend aufhob, denn er konnte tagsüber ja nicht seine Patienten einnebeln. Auch im Wohnzimmer rauchte er nicht, weil seine Frau Zigarrengeruch verabscheute.

»Ich habe Francine getroffen.«

»Francine Boisdieu?«

»Ja. Sie kam gerade aus einer Schule in der Rue Paradis, einer Schule für Buchhaltung und Fremdsprachen.«

»Ihr Vater hat mir davon erzählt.«

War er mit einem Hintergedanken hochgekommen? Beschäftigte ihn etwas anderes als die Tochter seines Freundes? Jedenfalls schien er erleichtert zu sein, dass sich das Gespräch vorerst auf neutralem Terrain bewegte. Einen Moment saß er nur schweigend da, mit gedankenverlorenem Blick.

»Abgesehen von dem Abendessen, zu dem wir sie diesen Winter eingeladen haben, und ihrer Gegeneinladung vor drei Wochen habe ich Francine das letzte Mal gesehen, als sie erst wenige Monate alt war ...«

Wieder hing er schweigend seinen Gedanken nach.

»Dabei waren ihr Vater und ich früher enge Freunde. Er ist der Sohn eines Landarztes, der in der Nièvre oder im Massif Central praktizierte, genau weiß ich es nicht mehr. Als sein Vater starb, stand er auf einmal ohne irgendetwas da und hat deshalb mehrere Monate bei uns zu Hause das Zimmer mit mir geteilt ...«

Warum beschwor Lucien Bar diese Erinnerungen herauf? Einerseits fühlte sich André geschmeichelt, andererseits verstimmte es ihn. Er mochte es nicht, wenn er sich mit Dingen beschäftigen musste, für die er sich nicht zuständig fühlte. Vielleicht ahnte er, dass es seinen Seelenfrieden bedrohte? Oder empfand er das Mitteilungsbedürfnis seines Vaters als Schwäche?

Wenn seine Mutter beim Essen pausenlos redete, machte ihm das nichts aus, weil sie nichts Privates erzählte. Ihre Worte gaben nur Dinge der Außenwelt wieder, Bilder, die man flüchtig auf der Straße aufschnappte, oder Geschichten, die in der Zeitung standen.

Bei seinem Vater war es anders. Warum, wusste André selbst nicht.

Zwar gab er nichts von sich preis, ließ sich nicht zu Vertraulichkeiten hinreißen. Er äußerte Sätze, die beiläufig klangen. Doch André hatte das Gefühl, dass sie seine geheimen Sorgen offenbarten.

»Er war damals schon lange verwitwet und führte das ruhige, arbeitsame Leben eines Landarztes ... Edgard und ich machten gerade unsere Zulassungsprüfung für Medizin, als er durch ein Telegramm erfuhr, dass man seinen Vater an einem Apfelbaum im Garten erhängt gefunden hatte ...«

André sah keinen Zusammenhang. Das war keine Geschichte, die grundlos aus der Vergangenheit auftauchte. Warum kam der Vater auf einmal an und redete von Leuten, die sein Sohn kaum kannte?

»Man hat nie herausgefunden, warum er es getan hat ... Später hat Edgard mir erklärt, das sei oft so bei Erhängten. Die meisten Selbstmörder lassen einen Brief zurück, in dem sie ihre Beweggründe darlegen. Bei denen, die sich erhängen, kommt das selten vor ... Vielleicht war es ja dieser plötzliche und unerklärliche Tod, der Edgard Boisdieu dazu bewogen hat, sich für das Fachgebiet Neurologie zu entscheiden ...«

Er verstummte, suchte im Zimmer nach einem Aschenbecher, um seinen Zigarrenstummel auszudrücken, fand aber nur eine Untertasse. Nachdem er einmal stand, setzte er sich nicht wieder. Seinen Gesten und Bewegungen war anzusehen, dass er sich nicht wohl in seiner Haut fühlte. Er war hier im Reich seines Sohnes, der immer noch auf dem Boden saß und die Hände um die Knie geschlungen hatte.

»Falle ich dir zur Last?«

»Aber nein, Papa.«

»Edgard meinte, sie habe den gleichen Charakter wie ihre Mutter.«

»Francine?«

»Ja, er hat mir viel von ihr erzählt, als wir bei ihnen waren. Der Vater von Madame Boisdieu, Professor Vennes, ist der beste Neurologe, den wir gegenwärtig in Frankreich haben, vielleicht sogar der beste Europas. Er ist vor drei, vier Jahren emeritiert, nachdem er die neurologische Abteilung in der Salpêtrière geleitet hatte, und er wird immer noch aus aller Welt konsultiert.«

Ab und zu warf André Bar seinem Vater einen verstohlenen Blick zu und nahm dessen wachsendes Unbehagen wahr. Warum war er in die Mansarde gekommen? Warum hatte er sein kleines Labor verlassen, wo er so in seinem Element war? Und woher kam dieses Bedürfnis zu reden, Belanglosigkeiten zu erzählen?

André war drauf und dran, ihm zu sagen:

»Nur Francine interessiert mich. Nicht ihre Eltern und Großeltern.«

Der erhängte Landarzt irgendwo in Mittelfrankreich war ihm ebenso gleichgültig wie der Professor im Ruhestand, so berühmt und aktiv dieser trotz seines Alters auch sein mochte.

»Hast du auch etwas gehört?«

»Nein.«

»Mir war, als wäre die Tür unten zugefallen.«

»Hat Mama sich doch noch entschlossen auszugehen?«

»Sie ist zu Natacha gegangen.«

Ein längeres Schweigen setzte ein. Diese Momente der Stille fürchtete André noch mehr als die langen Reden.

»Verzeih, dass ich dich hier langweile. Wo war ich stehen geblieben? Ach ja! Wir sprachen über Francine, und so kam ich darauf, dass ich ihren Vater und Colette – so heißt ihre Mutter – schon kannte, als sie ungefähr so alt waren wie ihre Tochter jetzt.«

»War sie hübsch?«

»Colette? Sie sah ähnlich aus wie Francine. Genauso reizend. Sie war blitzgescheit, und wenn ich mich recht entsinne, bereitete sie sich aufs Staatsexamen in englischer Literatur vor. Ob sie es bestanden hat, weiß ich nicht, denn ich verlor die beiden aus den Augen.«

Und immer wieder diese Schweigepausen, die Beklommenheit verursachten, als hätten sie eine verborgene Bedeutung.

»Was ich sagen wollte … Wir haben uns zwanzig Jahre lang nicht gesehen. Ich wusste gar nicht, dass sie geheiratet hatten, denn als wir drei noch studierten, hat er ihr nicht den Hof gemacht. Noch vor einem halben Jahr hatte ich keine Ahnung, dass sie nur fünfundzwanzig Kilometer entfernt von uns in Nizza leben und Kinder haben.«

Er lächelte schüchtern, als wollte er sich für seine ständigen Abschweifungen entschuldigen.

»Na! Ich glaube, du würdest gern in Ruhe gelassen werden ...«

»Ach was. Du wolltest noch etwas sagen ...«

»Wie? ... Ich weiß schon gar nicht mehr ... Ich dachte wohl über die Menschen und ihre Lebenswege nach ... Zum Beispiel hätte Edgard Boisdieu, wenn er gewollt hätte, heute Professor an der Pariser Universität sein können, wo er vermutlich den Posten und die Reputation seines Schwiegervaters geerbt hätte ...«

Mehr aus Mitleid fragte André:

»Und warum blieb er nicht in Paris?«

»Zum einen, vermute ich, wollte er dem Vorwurf entgehen, dass er die Position seiner Heirat verdankte. Zum anderen ist er ein sturer, kompromissloser Charakter, der mit seiner direkten Art in den offiziellen Kreisen angeeckt wäre. Bei der täglichen Praxisarbeit gewinnt er ebenso viele Erkenntnisse wie auf einer großen Klinikstation.«

Das klang falsch. Nicht in einem strengen Sinne falsch, aber André war überzeugt, dass sein Vater halbherzig über Dinge sprach, die nur entfernt seine wahren Gedanken betrafen.

»Er ist ein guter Kerl, und ich glaube, er ist glücklich, sofern es wirklich glückliche Menschen gibt ... Aber ich stehle dir nur deine Zeit ...«

»Ich wollte jetzt sowieso schlafen gehen.«

»Francine vergöttert ihre Mutter bestimmt, oder?«

»Sie hat vor allem von ihrem Vater gesprochen. Sie lernt Steno und Buchhaltung, weil sie hofft, sein Sekretariat zu übernehmen.«

Jetzt geriet er ins Erzählen, was ihn selbst überraschte.

»Eigentlich hätte sie lieber Medizin studiert, um seine Assistentin zu werden, aber sie hat sich in den Kopf gesetzt, dass sie das Abitur nicht schaffen würde. Sie meint, sie sei nicht fürs Studieren gemacht.«

Er errötete über die eigene Redseligkeit.

»Ihre Mutter jedenfalls war hochintelligent«, erzählte sein Vater mit monotoner Stimme. »Sie hätte auch Karriere machen können. Aber nach ihrer Heirat hat sie sich für ein gutbürgerliches Leben entschieden, hat sich um Haushalt und Kinder gekümmert.« Er ging auf die Tür zu. »Ich hoffe, sie ist ebenfalls glücklich. Jetzt bin ich aber sicher, dass ich unten die Tür gehört habe. Deine Mutter ist wieder zurück.«

Und er eilte die Treppe hinunter, als wollte er nicht in der Mansarde ertappt werden. Daraufhin stellte André seine Platte wieder an, auf volle Lautstärke. Zehn Minuten später warf er sich unten auf sein Bett, wo er schnell einschlief.

Falls er etwas geträumt hatte, konnte er sich am nächsten Morgen um sechs nicht mehr daran erinnern. Er wachte gewöhnlich von selbst auf und tappte dann verschlafen zur Dusche. Nur Noémie war so früh wach wie er, aber wenn er herunterkam, war sie noch nicht in der Küche und die Fensterläden im Erdgeschoss waren noch geschlossen.

Sein Vater stand als Nächstes auf, gegen halb sieben, und begab sich dann lautlos ins Badezimmer, wo seine Kleider schon bereit lagen, damit er nicht beim Anziehen seine Frau weckte.

Die Villa trug den Namen *Les Orchez*, und niemand, bis auf die Leute, die sie Anfang des Jahrhunderts erbaut hatten, wusste, warum. Sie war groß, von quadratischem Grundriss, mit geräumigen Zimmern und einer schönen weißen Marmortreppe.

Ihre blassrosa Mauern mit den hellgrau gestrichenen Kanten und Fensterumrandungen erhoben sich inmitten eines Gartens, der fast ein Park war.

Der kleine Motor stotterte ein paarmal, bevor er richtig ansprang, das Tor quietschte, und André fuhr den Boulevard Carnot hinunter, wo ihn die abgeblätterten Stämme der Platanen immer an menschliche Gliedmaßen erinnerten. Es gab eine Zeit, da waren sie ihm irgendwie sexuell, fast obszön erschienen.

Bald tauchten die Croisette und der Strand auf, wo er sein Moped abstellte. Angestellte der großen Hotels von gegenüber kämmten mit einem Rechen den Sand durch, wie Gärtner eine Kieseinfahrt harken.

Er zog sich unter seinem Bademantel aus und rannte dann los ins Wasser, wo sich im Umkreis von zwanzig, dreißig Metern meist nur ein einziger weiterer Schwimmer befand, ein Engländer, dessen Namen er nicht kannte und mit dem er noch nie ein Wort gewechselt hatte.

Doch manchmal lieferten sie sich eine Art Wettkampf,

schwammen beide so weit hinaus, bis ihnen der Atem wegblieb, und dann lächelten sie sich von fern unbestimmt zu.

Eine weiße Yacht, die gerade aus dem Hafen ausgelaufen war, setzte ihre Segel, die *Electra*, die jeden Morgen aufs Meer hinausfuhr, um bei Einbruch der Dunkelheit zurückzukommen.

Um sieben Uhr war André wieder zu Hause, steckte seinen Kopf durch die Küchentür und rief dem Hausmädchen zu:

»Meine Eier, Noémie!«

»Sofort, Monsieur André.«

»Ist mein Vater schon heruntergekommen?«

»Er sitzt bereits eine Weile im Esszimmer. Müsste gleich mit seinem Kaffee fertig sein.«

André hielt ihm wie üblich seine Stirn hin, die sein Vater nur leicht mit den Lippen berührte.

»Guten Morgen, Papa.«

»Guten Morgen, Sohn. Wie war das Wasser – angenehm?«

»Fast zu warm.«

Keiner von beiden erwähnte ihre kleine Unterhaltung vom Vorabend. Dies hier war ein neuer Tag. Sein Vater stand bereits auf und würde sich jetzt seinerseits, wenn auch zu Fuß, zur Croisette aufmachen, wo er den Tag hinter einem Milchglasfenster damit zubringen würde, kranke Zähne zu versorgen.

»Hat Mama gut geschlafen?«

»Ich denke schon.«

Sie litt unter Schlaflosigkeit und nahm jeden Abend Barbiturate ein. Morgens brauchte sie dann ein bis zwei Stunden, um wieder richtig munter zu werden.

Je nach Tagesverfassung frühstückte sie gegen neun oder zehn in dem Boudoir, das an ihr Schlafzimmer grenzte und einen Balkon besaß, wo man über die Dächer hinweg ein Stück der Bucht sehen konnte.

Gewöhnlich bekam André sie nicht zu Gesicht, bevor er zur Schule aufbrach. Während er jetzt seine Eier, dann vier, fünf Toastscheiben mit Marmelade aß und dazu zwei große Gläser Milch trank, ging er noch einmal den Chemiestoff durch.

Es war, als hätten die Morgensonne, die Strandluft, das blaue Wasser, durch das er mit kräftigen Zügen gepflügt war, seine Sorgen vom vorigen Tag fortgespült und seine düstere, fast furchtsame Stimmung vertrieben, die auf ihm gelastet hatte, seit er aus der schicken kleinen Bar in der Rue Voltaire gekommen war.

Was kümmerte ihn das alles? Was ging ihn der Landarzt an, der sich am Apfelbaum erhängt hatte? Was die Tatsache, dass Dr. Boisdieu in Nizza praktizierte, statt an der Pariser Universität zu lehren?

Das war das Leben der anderen, und er lebte sein eigenes.

»Was gibt es zum Mittagessen, Noémie?«

»Lammkoteletts, Monsieur André.«

»Dann fünf für mich, falls es kleine sind. Wenn sie groß sind, vier.«

Und wieder brummte das Moped über die Einfahrt,

dann die Avenue entlang, wie eine Hornisse im Sonnenlicht.

Vielleicht hätte er den Ort nicht aufgesucht, wenn seine Mutter ihn beim Mittagessen nicht so angesehen hätte, mit einem Blick, der neugieriger und beunruhigter war als am Abend zuvor.

»Warst du heute Morgen schwimmen?«

Warum fragte sie ihn das, wo sie doch wusste, dass er jeden Morgen zum Strand fuhr?

»Ja sicher.«

»Ist das Wasser nicht zu kühl?«

»Du vergisst, dass wir schon Mai haben.«

Sie selbst ging nie vor den ersten heißen Junitagen baden.

»Ist das nicht ein komisches Gefühl, so ganz allein an einem langen Strand?«

Warum auf einmal diese so unnatürlich klingenden Fragen? Auch seinem Vater fiel es auf, der verwundert zu seiner Frau aufblickte. Ob sie am vergangenen Abend getrunken hatte? Das kam durchaus vor, wenn sie Natacha besuchte oder mit ihr ausging.

Natacha war eine Frau von fünfundvierzig Jahren, die immer noch verführerisch war, nachdem sie einmal eine besondere Schönheit gewesen sein musste. In den reichen Villen von Super-Cannes, La Californie und Mougins, die nur einen Teil des Jahres bewohnt wurden, war sie allgemein bekannt. Einige sagten Nathalie zu ihr; engere Freunde nannten sie meist Natacha.

Gut möglich, dass sie russischer Herkunft war. Sie hatte dunkelbraunes Haar und dabei Augen von so hellem, fast durchscheinendem Blau wie manche Murmeln, mit denen André noch vor drei, vier Jahren gespielt hatte.

Sie war immer noch schlank und geschmeidig, allerdings verbrachte sie auch einen Großteil ihrer Zeit mit Schönheitspflege und Massagen.

Angeblich hatte sie zwei oder drei Ehen hinter sich, darunter mit einem englischen Lord. Wenn sie nun Madame Nahour hieß, dann nicht, weil sie wieder geheiratet hätte, sondern weil ein alter Herr dieses Namens sie adoptiert hatte. Er war Libanese oder Syrer – so genau wusste das niemand – und tauchte immer nur kurz an der Côte d'Azur auf.

Es hieß, er sei ungeheuer reich. Wenn überhaupt, ließ er sich höchstens einmal im Casino blicken, wo er zwei, drei Nächte lang Baccara spielte, bevor er wieder verschwand.

André mochte Natacha nicht, ohne dass er es genauer hätte begründen können. Sobald seine Mutter ihren Namen aussprach, was in den letzten Jahren immer häufiger und in zunehmend vertrautem, innigem Tonfall geschah, runzelte er die Stirn.

»Natacha hat erzählt …«

»Wie Natacha mir erst gestern wieder sagte …«

Er hatte ihr nichts vorzuwerfen und scherte sich nicht um ihre vielen Ehen oder ihre kuriose Adoption durch einen steinreichen Orientalen.

Ihr Schmuck, von dem seine Mutter so oft schwärmte, war ihm ebenso gleichgültig wie ihre beiden Appartements, die über eine interne Treppe miteinander verbunden waren, dazu die Dachterrasse, die sich über das ganze Gebäude erstreckte, weshalb sie in ihrem sechsten und siebten Stock wie in einem herrschaftlichen Palais lebte.

André störte sich weder am Reichtum noch an dessen Zurschaustellung, wie sie in Cannes gang und gäbe war. Auch moralische Einwände hatte er keine – und dennoch war ihm diese Frau nicht angenehm, die zu Hause einen immer größeren Platz beanspruchte.

Einen nur geistigen freilich, denn sie war erst zweimal zum Tee da gewesen. Nur ein einziges Mal hatte sie bei ihnen zu Abend gegessen, und André hatte bei seinem Vater am Ende den gleichen Unmut verspürt wie bei sich.

Seit sie mit Natacha befreundet war, trank seine Mutter hin und wieder zu viel und verbrachte dann den Großteil des folgenden Tages im Bett.

Wenn sie herunterkam, das Gesicht bleich und welk, bot sie den Anblick der Frau, die sie in einigen Jahren sein würde. Sie war selbst beschämt darüber, wich ihnen mit ihrem Blick aus und plapperte drauflos, um nur ja keine Leere entstehen zu lassen.

Ob sie Natacha von der Begegnung am Vortag erzählt hatte?

»Bist du sicher, dass er dich gesehen hat?«

»Ich weiß es nicht. Mir war, als hätten sich unsere Blicke im Rückspiegel gekreuzt. Er war mit einem jungen Mädchen unterwegs, der Tochter eines Bekannten, der in Nizza Arzt ist.«

»In dem Fall wird er dich nicht weiter beachtet haben.«

»Du kennst André nicht.«

»Hauptsache, er hat dich nicht aus dem Haus kommen sehen ...«

»Das frage ich mich ja gerade.«

»Aber was kümmert es ihn schon, aus welchem Haus du gerade kommst ...«

In der Schule las er am Schwarzen Brett, dass er um drei Uhr Unterrichtsschluss hatte, da wegen einer Lehrerkonferenz die Physikstunde ausfiel.

Er wollte sich nicht verrückt machen und tat es auch nicht. Er nahm die Dinge, wie sie kamen, ohne zu viele Gedanken daran zu verschwenden. Trotzdem machte er sich um drei Uhr, statt nach Hause zu gehen und in seiner Mansarde zu lernen, auf den schon vertrauten Weg nach Nizza.

Es war noch keine Hochsaison. Das Filmfestival war vorüber, und die Autos stauten sich noch nicht wie im Sommer entlang der Küste.

In der Avenue de la Victoire wäre er wegen einer Einbahnstraße fast falsch abgebogen, aber schließlich fand er die kleine Bar vom Vortag.

Sie gehörte schon der Vergangenheit an, und er beschäftigte sich nicht gern mit Vergangenem. Er nahm sich immer vor, so bewusst wie möglich in der Gegenwart zu leben.

Er schloss sein Moped ab und bestellte sich, bevor er zu dem gelben Haus hinüberging, einen Schokoladenmilchshake.

»Heute allein hier?«

Man erkannte ihn bereits wieder. Wenn er noch ein-, zweimal herkam, würde er ein Stammgast sein. Er betrachtete sich in dem Spiegel zwischen den Flaschen und fragte sich, ob er nicht zu kindlich aussah. Noch vor einem halben Jahr war sein Gesicht mit Akne übersät gewesen, und er hatte sich so hässlich gefunden, dass er aus schierem Trotz Grimassen zog und sich so noch hässlicher machte.

»Pass auf, André. Du entwickelst noch Ticks.«

»Das sind keine Ticks.«

»Es wird dir schwerfallen, sie wieder loszukriegen.«

Er zuckte mit den Schultern, denn es war ihm bewusst. Aber es ging nur ihn etwas an. Inzwischen hatte er nur noch wenige Pickel. Seine Züge wirkten immer noch etwas unbestimmt, vor allem seine Nase, die ihm nicht gefiel, aber im Großen und Ganzen war er mit seinem Äußeren versöhnt und musste zugeben, dass er allmählich einem Mann ähnelte.

Wieder stieg er langsam die Treppe hoch in den ersten Stock und sah durch die offene Tür die junge Frau hinter dem Schalter. Mit dem Gerichtsvollzieher konnte seine Mutter, die sich nicht um Geldangelegenheiten kümmerte, nichts zu tun haben, und was die Fußpflege betraf, so hatte sie ihre eigene Pediküre in Cannes, die sie einmal im Monat in der Rue des Belges aufsuchte.

Also musste sie sich zwangsläufig in den zweiten Stock begeben haben, was er nun ebenfalls tat, wenngleich ihr Gang selbstbewusster gewesen sein musste als der von André, der, je höher er kam, zunehmend in Panik geriet.

Im zweiten Stock lagen zwei Türen einander gegenüber. Die eine verfügte über kein Schild, keine Fußmatte, keinen Klingelknopf, an der anderen stand auf einer kleinen Tafel wieder zu lesen: *Möblierte Zimmer.* Er klingelte mit weichen Knien, hörte Schritte und begriff, dass man ihn durch ein Guckloch beobachtete, das auf Höhe des Gesichts in das Holz eingelassen war.

Die Tür öffnete sich, und vor ihm erschien eine schmuddelige Putzfrau, die Ähnlichkeit mit Noémie hatte. Da er nichts sagte, fragte sie mit stark südfranzösischem Akzent:

»Sie wollen zu Madame Jeanne?«

»Ja, bitte.«

»Kommen Sie herein.«

In der Wohnung roch es stickig. Über einen roten Teppichboden, der den Flur bedeckte, führte sie ihn in einen kleinen Salon mit üppigen Polstermöbeln. Die Fensterläden waren geschlossen, und im Hintergrund war eine Bar zu sehen.

Er kannte dieses Ambiente aus Erzählungen. In Romanen der Vorkriegszeit und auch bei Maupassant hatte er solche Orte beschrieben gefunden, und die Überfülle von Kissen, die vielen bestickten Deckchen und Seidenpuppen auf den Sesseln überraschten ihn nicht, stießen ihn aber ab.

»Sind Sie allein gekommen?«

Er fuhr zusammen. Ohne dass er etwas gehört oder einen Windzug gespürt hatte, war eine winzige, fettleibige Frau ins Zimmer gekommen, mit einem Gesicht weiß wie der Mond, als käme sie nie hinaus in die Sonne oder an die frische Luft.

Dennoch ahnte man, dass sie einmal hübsch gewesen war, dass ihr Körper, bevor er in die Breite ging, angenehm drall gewesen war, und in ihren goldbraunen Augen war eine gewisse Heiterkeit, ja ein kindlicher Schalk zurückgeblieben.

»Bitte verzeihen Sie …«, begann er, ohne zu wissen, was er da sagte.

Sie lächelte, als wollte sie ihm Mut machen, und er verstand, dass sie sich auf der Stelle ein Bild von ihm gemacht hatte.

»Ich habe Sie noch nie hier gesehen, oder?«

»Nein, ich war noch nie hier.«

»Wer hat Sie hergeschickt?«

Beinahe hätte er geantwortet: »Niemand.« Dann wurde ihm bewusst, dass sein Auftauchen so nur noch seltsamer erschiene.

»Jemand, den ich in einem Café in Cannes kennengelernt habe.«

»In Cannes? Wie heißt er?«

»Die anderen nannten ihn Toni. Den Nachnamen weiß ich nicht.«

»Und er hat Ihnen meine Adresse genannt?«

Das Lügen fiel ihm schwer, und er spürte, wie er in seiner Aufregung rot wurde. Am liebsten wäre er mit der Wahrheit herausgerückt.

»Was hat er Ihnen genau gesagt, und warum sind Sie allein gekommen?«

»Weil ...«

Es war unmöglich. Seine Geschichte war zu konfus, und diese Frau, die schon vieles erlebt hatte, glaubte ihm kein Wort.

»Hören Sie, Madame ...«

»Darf ich Ihnen etwas anbieten?«, fragte sie und wandte sich zur Bar.

»Danke nein.«

»Sie trinken wohl keinen Alkohol, stimmt's?«

»Das stimmt.«

»Und ich wette, Sie haben vorher noch nie ein Haus wie dieses betreten.«

»Das ist richtig.«

»Wie alt sind Sie? Siebzehn?«

»Sechzehneinhalb. Ich habe eine Person aus Ihrem Haus kommen sehen, die ich kenne.«

»Wann? Vorhin?«

»Vor ein paar Tagen.«

»Eine junge Dame?«

»Nicht so jung wie ich. Schon eine richtige Frau.«

»Ich verstehe. Und weiter? Ich nehme an, sie war nicht allein?«

»Doch.«

»Tja, junger Mann, wenn Sie den Eingang ein bisschen länger beobachtet hätten oder früher gekommen wären, hätten Sie gewiss auch einen Mann herauskommen sehen.

Das Haus ist nicht das, wofür Sie es halten. Ich kann es Ihnen nicht verübeln und streite auch gar nicht ab, dass es vor ein paar Jahren noch anders war. Aber seither sind die Vorschriften verschärft worden.

Ich vermiete möblierte Zimmer, so wie es draußen angeschrieben steht. Ich vermiete sie nicht unbedingt per Monat und verlange auch nicht, dass die Gäste über Nacht bleiben.

Es geht mich nichts an, ob sie nach ein oder zwei Stunden wieder verschwinden, und ich will auch ihre Heiratsurkunde nicht sehen. Aber wenn es darum geht, hier willige Fräulein anzutreffen, diese Zeiten sind schon lange vorbei.«

»Ich verstehe.«

»Nun, wenn also Ihre Herzensdame hier gewesen ist, dann war sie mit Sicherheit nicht allein. Oft sind die Herren nicht erpicht darauf, auf der Straße in Begleitung gesehen zu werden, oder sie finden, dass ihre Gefährtin zu lange zum Anziehen braucht. An welchem Tag war es?«

»Letzte Woche. Ich weiß nicht mehr genau, Freitag oder Samstag.«

»Nachmittags?«

»So gegen halb sechs.«

»Was soll ich Ihnen sagen? Es ist ja nicht so, dass Sie

verheiratet wären und es um Ihre Gattin ginge. In Ihrem Alter muss man sich mit so etwas abfinden.«

»Ich danke Ihnen.«

»Wofür? Ich hab ja noch nichts für Sie getan. Sind Sie der jungen Dame sehr böse? Haben Sie vor, sie wiederzusehen?«

»Ich weiß nicht. Wohl eher nicht.«

»Na, wenn Sie eine andere kennenlernen, können Sie bei Bedarf ja mit ihr herkommen. Und wenn Sie Mühe haben, ein Mädchen zu finden, nenne ich Ihnen gern die Adresse von zwei, drei Bars, wo es genug hübsche Fräulein gibt, die Sie bereitwillig trösten.«

»Danke. Ich muss jetzt zurück nach Cannes.«

»Ich vergaß, dass Sie nicht aus Nizza sind. Student?«

»Ich stehe kurz vor dem Abitur.«

»Dann viel Glück!«

Sie lächelte ihn an, leicht liebevoll-spöttisch, fast so wie Francine, als er seine Milch mit den beiden Eiskugeln bestellt hatte.

»Danke. Und entschuldigen Sie die Störung.«

Sie schloss nicht sofort die Tür hinter ihm, sondern sah ihm nach, wie er die Treppe hinunterging. Er konnte es kaum erwarten, hinaus an die frische Luft zu kommen, das Leben dort rauschen und durch seine Haut dringen zu spüren.

In einer halben Stunde würde Francine aus der École Danton kommen, die nur wenige Hundert Meter von hier entfernt lag. Welches Unterrichtsfach sie wohl gerade hatte und wie ihr Klassenzimmer aussah in diesem

Gebäude, das so gar nichts von einem richtigen Schulhaus hatte?

Er brauchte nur eine Weile über die Promenade des Anglais zu schlendern, um sie dann wie gestern vor dem Ausgang abzupassen, mit dem Unterschied, dass er ihr diesmal nichts vorspielen musste.

Aber er wollte sie nicht sehen. Nicht heute. Sie war imstande und erriet, was in ihm vorging, obwohl er, was er erlebte, nicht tragisch nahm.

Er weigerte sich, ein Drama daraus zu machen. Erlebten nicht viele Jungen und Mädchen seines Alters Vergleichbares?

Hätte man ihm von einem Schulkameraden erzählt, dessen Mutter sich verhielt wie seine, hätte er vermutlich nur mit den Schultern gezuckt.

»Na und?«

Genau. Na und? Inwiefern betraf ihn das Ganze? Seit wann machte er sich Gedanken über das Leben seiner Eltern, darüber, wie sie früher gewesen waren, welche Träume sie gehegt hatten, über ihre Freuden und Sorgen, ihre Fehler oder gar Verfehlungen?

Als kleiner Junge hatte er, vielleicht ganz unbewusst, einen Schutzkreis um sich gezogen, aus dem er nun durch einen reinen Zufall herausgetreten war. Es war seiner eigenen Dummheit zu verdanken, der Tatsache, dass er unbedingt seiner Neugier hatte nachgeben müssen.

Er fuhr zurück nach Cannes. Er würde in seine Mansarde hinaufgehen, eine Viertelstunde Gewichte heben, um vor dem Lernen den Kopf freizubekommen, und dabei seine lautesten Schallplatten hören.

Dass er keinen Schaden genommen hatte, bewies doch die Tatsache, dass er, während er auf seinem Moped die sonnenhelle Straße entlangfuhr und sich zwischen den Autos hindurchfädelte, schon in Vorfreude über die Auswahl der Musikplatten nachdachte.

3

st keiner da, Noémie?«
Er war ins Esszimmer getreten und hatte es leer vorge-
funden, nur mit den drei Gedecken für das Abendessen.
Auch im Wohnzimmer waren seine Eltern nicht, und
im Haus war kein Geräusch zu hören.

»Ihre Mutter ist oben, und Monsieur ist noch nicht
nach Hause gekommen.«

Es war zwanzig vor neun, und sein Vater kam fast
nie zu spät. Aus alter Gewohnheit hob André den Deckel eines Kochtopfs und sog zufrieden den Duft einer
Fischsuppe ein. Er war eine Naschkatze, und es war
noch nicht lange her, da musste Noémie ihn aus der Küche verjagen, weil er von all ihren Gerichten probierte.

Er tat es zwar immer noch manchmal, aber seit er sie
um einen Kopf überragte, betrachtete sie ihn als Mann
und wagte nicht mehr, ihn auszuschimpfen.

Er wusste nicht, wohin mit sich und seinem langen
Körper, und nachdem er vergeblich durchs Fenster
Ausschau nach seinem Vater gehalten hatte, stieg er die
Treppe hinauf.

Auch im Schlafzimmer seiner Eltern war niemand. Er
hielt sich nicht gerne dort auf, fühlte sich aus irgend-
einem Grunde unwohl, besonders wenn sein Vater und

seine Mutter im Bett lagen. Schon als kleines Kind hatte er ihren Geruch nicht gemocht.

Die Wände waren hellblau gestrichen, die Möbel weiß, und die seidene Tagesdecke hatte die gleiche blassrosa Farbe wie die Außenmauern der Villa. Es war viel eher ein Frauenzimmer als das eines Paares, und André dachte mit Bedauern an das alte Schlafzimmer mit den Walnussmöbeln am Boulevard d'Alsace zurück.

War nicht überhaupt alles anders, seit sie in der Villa lebten, auch die Stimmung seiner Eltern?

»Bist du da, Mama?«

»Hier, André ...«

Sie war in ihrem Boudoir, das ebenfalls blaue Wände hatte, eine Chaiselongue und zwei Lehnsessel mit altrosa Satinbezug. Sie saß im Unterkleid da und kämmte sich vor dem Spiegel der Frisierkommode, die sie in einem Fachgeschäft in der Rue d'Antibes gekauft hatte, als sie schon bei Natacha ein und aus ging.

Es war ein Möbelstück, das zu Natacha passte. Er war zwar noch nie bei ihr gewesen, war aber überzeugt, dass dort der gleiche Stil vorherrschte, nur noch kostspieliger.

Er begriff, dass seine Mutter auszugehen gedachte, wegen ihres eingecremten Gesichts und ihrer nervösen Art; sie hatte leicht flattrige Hände, als fürchtete sie, ihre Frisur oder ihr Make-up zu verderben.

»Vater ist aber spät heute«, murmelte er missmutig.

Er hatte Hunger.

»Er hat angerufen, dass er nicht zum Essen nach

Hause kommt. Ein wichtiger Patient von ihm, Mister Williams, muss morgen Vormittag nach New York abreisen, drei Tage früher als geplant, und seine Brücke muss unbedingt noch fertig werden.«

Sie kannten von nur wenigen Patienten den Namen, einzig von den schillerndsten oder berühmtesten Persönlichkeiten wie diesem Williams, der sich in Mougins eine aufsehenerregende Villa hatte erbauen lassen, in der er sich nur wenige Wochen im Jahr aufhielt.

Er besaß auch ein historisches Schloss in Irland, ein Appartement in London, ein weiteres in New York und ein Anwesen in Palm Beach, Florida, wo auch seine Yacht lag.

»Bist du sehr hungrig?«

»Ja.«

»Willst du schon ohne mich anfangen? Ich brauche aber nur noch ein paar Minuten.«

Er seufzte resigniert.

»Dein Vater meinte, er lässt sich ein Sandwich in die Praxis bringen. Und ich muss nachher noch weg, sodass du heute allein im Haus bist.«

»Gehst du mit Natacha aus?«

»Eine Londoner Freundin von ihr hat eine Villa in La Californie angemietet und gibt heute eine Einweihungsparty. Das Haus ist noch nicht fertig eingerichtet, weshalb sie nicht zum Diner lädt und der Empfang erst um zehn beginnt.«

Hätte seine Mutter seine Gedanken lesen können, hätte sie nicht so oft Natachas Namen genannt und auch darauf verzichtet, zu bestimmten Anlässen deren Kleider zu tragen.

Natacha war eine dieser Müßiggängerinnen, die keinen Augenblick allein sein konnten. Sie mochte von einer Cocktailparty zur nächsten eilen, von einer Abendeinladung zum Nachtimbiss im *Ambassadeurs*, von den Händen des Masseurs in die des Friseurs und der Maniküre, es blieb dennoch immer ein Vakuum auszufüllen.

Dann griff sie zum Telefonhörer.

»Was machst du, liebste Josée? Wenn du wüsstest, wie ich dich vermisse! Warum springst du nicht in deinen Wagen und kommst auf einen Tee zu mir?«

Und die gutbürgerliche kleine Ehefrau eilte in aufgeregter Erwartung zu der großen Glamourösen, bei der sie dann wie in der klassischen Komödie die Rolle der Vertrauten einnahm.

Er wandte sich schon zur Tür, als seine Mutter ihn zurückrief.

»Leistest du mir keine Gesellschaft, André?«

»Ich wollte mal in der Küche schauen, was es zu essen gibt«, log er.

»Ich glaube, es gibt Fisch, bin mir aber nicht sicher. Du kennst ja Noémie, sie kann es nicht leiden, wenn ich mich in ihre Essensplanung einmische.«

Das stimmte so nicht. Noémie wehrte sich lediglich dagegen, dass man sie vormittags um zehn oder elf Uhr ins Boudoir zitierte, um dann den Speiseplan für den Tag festzulegen.

»Du wirkst so hibbelig.«

»Ach wo.«

»Warum setzt du dich nicht? Weißt du, André, du bist nur so selten bei mir und erzählst mir immer weniger.«

»Ich habe eben viel zu tun, Mama. Gerade habe ich zwei Stunden lang darstellende Geometrie gelernt, und mir schwirrt noch der Kopf.«

»Gib zu, dass du dich lieber mit deinem Vater unterhältst als mit mir.«

»Warum sagst du das?«

»Gerade gestern erst habt ihr den Abend zusammen verbracht.«

Er hasste diese Art von indirekter Annäherung, dieses verkappte Einfordern von Liebesbeweisen, und bereute inzwischen, dass er hochgekommen war.

»Vater kam mir nur gute Nacht sagen und ist höchstens zehn Minuten geblieben.«

»Du musst dich nicht verteidigen. In deinem Alter bleibt man eben manchmal lieber unter Männern.«

Er gab es auf und setzte sich in einen Sessel, dessen Seidenstoff für seinen knochigen Körper und seine Drillichhosen viel zu empfindlich war.

»Worüber habt ihr zwei denn geredet? Es sei denn, es sind Dinge, von denen ich nichts wissen soll ...«

»Ich weiß schon gar nicht mehr ... Warte mal ... Ich habe ihm erzählt, dass ich in Nizza Francine getroffen habe, und dann hat er von den Boisdieus gesprochen ...«

»Fertig! Wir können runtergehen. Es stört dich doch nicht, dass ich ungeschminkt bin? Ich mache mich nach dem Essen zurecht.« In ihrer Munterkeit lag etwas

Künstliches, Gezwungenes. »Ich hoffe, ich bin nicht zu hässlich so?«

»Überhaupt nicht.«

»Eine Frau sollte sich ihre Schönheit möglichst lange bewahren, weniger für ihren Mann als für ihre Kinder. Es muss für einen heranwachsenden Jungen oder ein Mädchen unangenehm sein, die eigene Mutter altern zu sehen.«

»Du bist nicht alt.«

»Gehen wir nach unten. Noémie wird mir sonst was erzählen.«

Es kam selten vor, dass sie so zu zweit zu Abend aßen, neben ihnen der unbenutzte Teller des Vaters, den man nicht abgeräumt hatte.

»Francine ist ein hübsches Mädchen. Sie ähnelt ihrer Mutter, als die im gleichen Alter war.«

»Das hat Vater auch gesagt.«

»Ich fürchte nur, dass ihre Reize schnell verblassen werden, wie bei ihrer Mutter auch. Manche Frauen neigen dazu, sich gehen zu lassen, sobald sie verheiratet sind. Sie haben dann schon mit dreißig nichts Jugendliches mehr. Ich frage mich, was ihre Kinder darüber denken.«

Er hatte gute Lust zu antworten: »Nichts!«

Stattdessen sagte er, sich seiner Boshaftigkeit bewusst:

»Weißt du, sie hat eben viel Arbeit. Francines Brüder sind erst sechs und elf Jahre alt. Bei ihnen ist es die Mutter, die sich kümmert; sie beaufsichtigt sie beim Baden, räumt ihre Kleider auf, bringt sie zu ihrer jeweiligen

57

Schule und holt sie nach dem Unterricht wieder ab. Dazu hat sie viel im Haushalt zu tun, denn sie haben nur eine Angestellte, die dafür zuständig ist, die Patienten hereinzulassen.«

»Ich sehe, du bist gut informiert«, sagte sie mit Bitterkeit in der Stimme.

Er hatte nichts erfunden. Während der Abendeinladung bei den Boisdieus war ihm aufgefallen, wie anders die Atmosphäre dort war als bei ihm zu Hause.

Die Boisdieus hatten eine großzügige Wohnung mit harmonischen großen Räumen, die im Empirestil eingerichtet waren. Alles machte einen zugleich schlichten und gediegenen Eindruck. Und das Sprechzimmer des Doktors strahlte Ruhe und Verlässlichkeit aus.

»Manchmal arbeitet er noch bis in den späten Abend«, hatte Francine ihm erklärt. »Dann öffnet er seine Flügeltür und bittet mich, im Wohnzimmer Musik aufzulegen. Er liebt Kammermusik, weil er sie für die kultivierteste hält. Mama und ich bleiben dann noch ein bisschen sitzen und unterhalten uns leise, und ab und zu unterbricht er seine Arbeit, um uns zu fragen, worüber wir reden.«

Bei ihnen sonderte man sich nicht ab. Madame Boisdieu besaß kein Boudoir, und ihr Mann brauchte sich nicht in einem Zwischengeschoss zu verkriechen. Die Türen standen offen, und jeder blieb im Austausch mit den anderen.

»Weißt du, dass ich dich ebenfalls lange zur Schule gebracht habe, André?«

»Ja.«

»Erinnerst du dich noch an die Wichtelschule?«

Das war ein privater Kindergarten in der Rue Merle, hinter dem Boulevard d'Alsace, wo sie damals wohnten, als die Eisenbahntrasse noch oberirdisch verlief und man alle Züge vorüberfahren hörte. Das Haus bebte Tag und Nacht, und manchmal geriet der Lüster so stark ins Schwanken, dass man fürchtete, er würde von der Decke fallen.

Es war ein altes Haus, eine dunkle Wohnung mit Möbeln, die nicht zusammenpassten, weil seine Eltern sie bei Trödlern oder auf Versteigerungen erworben hatten.

Das Behandlungszimmer seines Vaters befand sich am Ende eines Flurs, in dem den ganzen Tag lang eine Glühbirne brannte; und das granatrot ausgekleidete Wohnzimmer diente als Wartezimmer für die Patienten, die damals noch keine reichen Leute waren.

Der süßliche Geruch des Desinfektionsmittels drang bis in die beiden Schlafzimmer vor, deren Verbindungstür, so lange André klein war, offen gelassen wurde.

Madame Jussiaume! So hieß die Leiterin des Kindergartens, die ihm Lesen und Rechnen beigebracht hatte. Auch sie hatte einen ganz speziellen Geruch an sich gehabt.

»Zu jener Zeit habe ich selbst gekocht. Auch in Paris, als wir zu Beginn unserer Ehe bei deiner Großmutter wohnten, und danach, als wir an den Quai de la Tournelle zogen, in eine Zweizimmerwohnung zur Hofseite hin …«

Er sah diesen Hof noch vor sich, mit seinen unebenen grauen Pflastersteinen, wo man sein lackiertes Holzställchen vor den Fenstern der Concierge aufstellte, damit sie ihn im Auge behalten konnte. In einem Käfig hüpfte ein Kanarienvogel herum. André erinnerte sich vor allem an das Sonnenlicht, das den Hof in zwei Hälften teilte, und den gelben Vogel.

»Dein Vater ging damals noch auf die Zahnmedizinische Schule in der Rue Garancière, und manchmal nahm ich dich auf den Arm und holte ihn dort ab.«

Er wünschte sich, sie würde schweigen. Er mochte es nicht, wenn man ihm auf diese Weise Erinnerungen aufdrängte, die nicht seine eigenen waren.

»Es ist nicht meine Schuld, dass wir nur ein Kind haben. Wenn es nach mir gegangen wäre, hätte ich gleich sechs gehabt. Und weil mir daran lag, dich selbst großzuziehen, habe ich mein Pharmaziestudium im dritten Jahr aufgegeben.«

Begriff sie denn nicht, dass es verkehrt war, so mit ihm zu reden?

»Mein Vater war darüber furchtbar enttäuscht. Er hatte erleben müssen, dass mein älterer Bruder sich Gott weiß warum für eine militärische Laufbahn entschied, und anschließend darauf gesetzt, dass ich einmal seine Apotheke gegenüber dem Montparnasse-Friedhof übernehmen würde. Und dann hat auch noch meine Schwester mit siebzehn Jahren geheiratet und ist nach Marseille gezogen.«

Es mochte alles wahr sein oder annähernd wahr, fest

stand, dass sie nicht von ungefähr mit diesem Bericht ankam, der überdies gefärbt war. Als es um die Kinder ging, die sie gern gehabt hätte – als wollte sie ihm Geschwister schenken, die er so sehr entbehrte –, hatte sie gesagt:

»Es ist nicht meine Schuld, dass ...«

Eine bewusst gewählte Formulierung, denn damit deutete sie an, dass sein Vater schuld war.

Seufzend stand sie vom Esstisch auf.

»Weißt du, André, es gibt so viele Dinge, die du erst später verstehen wirst, wenn du selbst verheiratet bist und Kinder hast!«

Sie beugte sich herunter, um ihn zu umarmen, was in ihrer Familie eher unüblich war.

»Ich würde ja lieber mit dir hierbleiben, statt auszugehen. Aber meine Gegenwart würde dir doch nur lästig, stimmt's?«

»Nein, gar nicht, aber ich muss noch lernen.«

»Ich weiß. Ich weiß.«

Ihre Stimme hatte den gleichen Klang wie an manchen Abenden, als er noch drei oder vier Jahre jünger gewesen war. Damals kam seine Mutter manchmal in sein Zimmer, wenn er schon im Bett lag.

Womöglich waren es Tage gewesen, an denen sie sich mit ihrem Mann gestritten hatte? André erinnerte sich an bestimmte schweigsame Abendessen, an die roten Augen seiner Mutter, ihre Unruhe und das versteinerte, abwesende Gesicht seines Vaters. An solchen Abenden glaubte er, keine Luft mehr zu bekommen.

Wenn sie sich dann über sein Bett beugte, sich manchmal auch neben ihn legte, kam es ihm vor, als würde sie nach Wein oder Schnaps riechen.

»Ich hoffe, du bist nicht allzu unglücklich, mein kleiner André?«

»Aber nein, Mama.«

»Du hättest dir wohl lieber andere Eltern gewünscht?«

Er wollte einfach nur schlafen. Solche Szenen genügten, um ihn für den ganzen nächsten Tag in eine finstere Stimmung zu versetzen. Oft hatte er nachts auch Albträume, wagte aber nicht, seine Eltern zu rufen.

In seiner kindlichen Unschuld fragte er sich, ob sie so waren wie die anderen Väter und Mütter oder ob es in anderen Familien womöglich anders lief.

»Und du meinst wirklich, du bist glücklich?«

»Natürlich, Mama.«

»Ich hab dich so lieb, mein kleines Männchen. Glaube mir, du bist der einzige Sinn und Zweck meines Daseins. Alles, was ich tue – du wirst es später einmal verstehen –, tue ich für dich.«

»Ja, Mama.«

»Ich bin deinem Vater nicht böse. Er ist eben ein Mann. Und die Männer …«

Es kam vor, dass sie anfing zu weinen, dann fiel manchmal eine Träne auf das Gesicht des Jungen, und er wagte sie nicht wegzuwischen.

»Was denkst du von mir, André? Bin ich eine gute Mutter?«

»Ja, Mama.«

»Selbst wenn ich nicht so viel Zeit mit dir verbringe, wie ich es gerne täte? Ich wünschte mir so sehr, immer fröhlich und unbekümmert zu sein, deine Kameradin, deine Freundin zu sein, mit dir zu spielen, als wäre ich deine Schwester und nicht fast schon eine alte Frau.«

Sie wusste nicht, dass er das ruhige, fast ausdruckslose Gesicht seines Vaters vor sich sah, das resignierte Gesicht eines Mannes, der duldsam sein Leben ertrug und sich im Hochparterre eine Zuflucht geschaffen hatte.

Er hätte nicht genau sagen können, wann es angefangen hatte. In ihrer alten Wohnung am Boulevard d'Alsace hatten sie hin und wieder ein befreundetes Ehepaar zu Gast gehabt, fast immer ein Arzt mit seiner Frau, und abends im Bett hörte er das friedliche Gemurmel ihrer Unterhaltung, ab und zu ein schallendes Lachen, und konnte sogar den Cognac riechen, der in Gläsern mit Goldrand serviert wurde.

In der ersten Zeit nach ihrem Umzug in die Villa hatte es geräuschvollere Abendeinladungen gegeben, manchmal waren es bis zu fünf oder sechs Ehepaare, die bis tief in die Nacht blieben und zu Schallplatten tanzten.

Dieses Feuer war nach und nach erloschen. Die Abendeinladungen wurden seltener, die Anzahl der Gäste geringer. Es kamen nur noch ein paar Getreue, die ihrerseits irgendwann wegblieben, so wie seine Eltern auch nicht mehr zusammen ausgingen, höchstens einmal im Monat, um sich in der Rue d'Antibes einen Film anzusehen.

Er war jetzt wieder oben in seiner Mansarde, wo er sich in eine Gleichung zu vertiefen versuchte, deren Werte er sorgfältig abschrieb:

Diskutieren Sie die Funktion $y = \frac{x^3}{8-2x^2}$ *und zeichnen Sie den entsprechenden Graphen.*

Es gelang ihm nicht, sich zu konzentrieren.

»Bist du oben, André?«

»Ja, Mama.«

»Kommst du mir noch gute Nacht sagen?«

Sie stand auf dem Treppenabsatz im ersten Stock, und schon fünf Stufen über ihr konnte er ihr Parfüm riechen. Sie trug ein gelbes Cocktailkleid mit tiefem Ausschnitt und um die Schultern eine Nerzstola.

»Sehe ich einigermaßen passabel aus?«

»Du bist sehr schön.«

Es war nicht, was er dachte. Er hatte sie gar nicht richtig angesehen.

»Gute Nacht, mein Schatz.«

»Einen schönen Abend, Mama.«

»Falls du noch wach bist, wenn dein Vater heimkommt, sage ihm auch von mir gute Nacht. Ich hoffe, nicht so spät zurückzukommen, aber mit Natacha weiß man ja nie.«

Er empfand Erleichterung, als er endlich allein im Haus war, die Tür zugefallen war und draußen die Wagenreifen über den Kies der Einfahrt knirschten. Fast im selben Moment klingelte das Telefon. Es gab zwei

Apparate, der eine stand im Elternschlafzimmer, der andere im Wohnzimmer. Er befand sich näher am Schlafzimmer, polterte aber lieber die Treppe ins Erdgeschoss hinunter, wo Noémie gerade den Hörer abnahm.

»Hallo? Ja, er ist da. Da kommt er gerade. Ich reiche Sie weiter …«

»Für mich?«

Er konnte es kaum glauben. Er wurde eigentlich nie angerufen. Vermutlich ein Mitschüler, der seine Hefte in der Schule vergessen hatte oder mit einer Aufgabe nicht weiterkam.

»Hallo? … Wie bitte?«

Und in einem Ton, der Noémie aufhorchen ließ, stieß er hervor:

»Francine?«

Er hatte ihre Stimme noch nie am Telefon gehört und war verwundert, wie ernst und sanft sie klang. Im Hintergrund nahm er Musik wahr.

»Störe ich dich?«

»Nein.«

»Womit warst du gerade beschäftigt?«

»Ich wollte eben in die Mansarde hoch, um für die Schule zu lernen.«

»Welches Fach?«

»Mathe.«

»Geht es dir gut?«

Er runzelte die Stirn, denn ihn beschlich der Verdacht, dass sie ihn anrief, um zu erfahren, ob der Vorfall mit seiner Mutter ihn nicht zu sehr verstört hatte. Er wollte kein Mitleid, und niemand, nicht einmal Francine, sollte sich in seine Angelegenheiten mischen. Ob sie durch sein Schweigen erriet, dass sie ihn unbeabsichtigt gekränkt hatte?

»Weißt du, weshalb ich dich anrufe?«

»Nein.«

»Was machst du morgen gegen fünf Uhr?«

»Morgen ist Samstag, nicht? Um fünf habe ich noch nichts vor.«

»Ich bin morgen in Cannes, weil ich Émilie besuche, die Tochter von Dr. Poitrat. Kennst du ihn? Der Herzspezialist.«

»Ich glaube, mein Vater kennt ihn.«

»Émilie soll kommenden Montag am Blinddarm operiert werden und hat eine Heidenangst davor. Also will ich ihr, um ihr Mut zu machen, ein bisschen von meiner Operation erzählen.«

»Du wurdest operiert?«

»Vor zwei Jahren. Wenn es dir passt, würde ich bis ungefähr fünf bei ihr bleiben, dann hätten wir anschließend noch etwas Zeit, bevor ich mit dem Schienenbus zurückfahre.«

»Läuft da im Hintergrund die *Kleine Nachtmusik*?«

»Ja.«

»Rufst du vom Wohnzimmer aus an?«

»Ja.«

Er versuchte sich vorzustellen, wie sie vor dem Kamin in einem Sessel saß, in dem rechten, den sie als *ihren*

66

bezeichnet hatte. An dem Abend, als seine Eltern und er bei den Boisdieus zum Essen eingeladen waren, hatte sie auch diese Platte für ihn aufgelegt und mit Überraschung vernommen, dass er sie ebenfalls besaß.

»Du magst Mozart? Die meisten Jungen hören lieber Jazz.«

»Das hindert mich nicht daran, auch Jazz zu mögen.«

War es nicht rührend, fast ein bisschen kindlich, dass sie zu ihrem Anruf eine Musik spielte, die beide mit einem bestimmten Moment ihres Lebens verbanden?

»Steht die Tür vom Arbeitszimmer deines Vaters offen?«

»Ja.«

»Ist er da?«

»Er füllt Versicherungsformulare aus. Mama ist in der Küche und bespricht mit unserem Hausmädchen den morgigen Tag.«

Es entstand eine Pause, die keiner von ihnen abzukürzen versuchte, weil sie ihnen nicht unangenehm war. André dachte als Erster daran, die Verbindung könnte vielleicht unterbrochen sein.

»Bist du noch da?«

»Ja. Ist es dir recht, wenn wir uns vor dem Fährbahnhof treffen?«

»Nimmst du deine Badesachen mit?«

»Nicht unbedingt. Ich hatte mir eher vorgestellt, dass wir ein bisschen am Hafen spazieren. Aber wenn du Wert darauf legst ...«

»Nein, nein. Wir machen es so, wie du möchtest.«

»Du bist nicht enttäuscht?«

»Ich gehe sowieso jeden Morgen schwimmen.«

»Wie früh stehst du denn auf?«

»Um sechs.«

Es wunderte ihn, dass sie so entspannt und ungezwungen klang, wo doch ihr Vater durch die offene Tür
mithören konnte, was sie sagte.

»So früh aufzustehen würde ich nicht fertigbringen.
Ich bin eine Langschläferin. Wenn meine Brüder nicht
wären, die ab sieben Uhr einen Höllenradau veranstal-
ten, weiß ich nicht, wann ich aus dem Bett käme.«

Er hätte nicht ebenso freimütig reden können, wenn
sein Vater in der Nähe gewesen wäre, und erst recht
nicht, wenn seine Mutter zugehört hätte. Er beneidete
Francine. Er beneidete sie um ihre Familie, ihr Haus,
die Wohnung, in der alles so ruhig, geordnet und har-
monisch war.

»Was machst du gerade?«

Er hatte kurz den Eindruck gehabt, sie heftiger atmen
zu hören.

»Ich bücke mich, um den Plattenspieler auszustellen.
Die Musik war zu Ende. Hast du es nicht bemerkt?«

Er fragte lahm:

»Habt ihr schönes Wetter in Nizza?«

Und sie antwortete etwas spöttisch:

»Das gleiche wie in Cannes, nehme ich an?«

Sie lachen zu hören machte ihn zugleich glücklich
und melancholisch.

»Hast du noch viele Milchshakes getrunken?«

»Zwei seit unserem Treffen.«

»Auch mit zwei Eiskugeln?«

»Mit jeweils zwei Eiskugeln. Und du?«

»Ich warte ab, bis du mir morgen einen spendierst.«

»Machst du dich über mich lustig?«

»Nie im Leben.«

»Findest du, ich habe kindische Vorlieben?«

»Ich werde dir etwas anvertrauen, was noch kindischer ist. Wusstest du, dass ich beim Einschlafen immer noch am Zipfel meiner Decke herumkaue? Meine Mutter meint, sie ist schon ganz kaputt.«

Noch nie hatte er sich jemandem so nahe gefühlt.

»Dein Vater wird über mich lachen.«

»Warum?«

»Weil wir solche komischen Gespräche führen.«

»Mein Vater macht sich aus Prinzip über niemanden lustig. Der Einzige, bei dem er sich das erlaubt, ist er selbst. Ha, er reckt sich gerade vor, um mich zu sehen, und droht mir mit dem Finger …«

Sie lachte wieder, und er hörte sie weiter entfernt von der Sprechmuschel sagen:

»Das ist André, Mama. Ich habe ihn angerufen, um ihn zu fragen, ob er nach meinem Besuch bei Émilie ein bisschen Zeit hat. Wenn ich eine Stunde lang über Chirurgie gesprochen und schlechten Tee getrunken habe, wird das eine angenehme Abwechslung sein … Hallo? … Entschuldige. Mama ist gerade reingekommen. Sie will wissen, ob du wegen deiner Prüfungen nicht zu sehr unter Druck stehst.«

»Nein, gar nicht. Danke der Nachfrage.«

»Er sagt nein und dankt dir … Also dann! Ich will dich lieber nicht noch länger von deiner Arbeit abhalten. Bis morgen, André. Um fünf Uhr am Fährbahnhof. Versuche, dein Moped irgendwo abzustellen, damit du es nicht die ganze Zeit mitschieben musst.«

Es war ein Bild, das ihm schon oft aufgefallen war: ein untergehakt gehendes Liebespaar, bei dem der Mann mit seiner freien Hand ein Rad schob.

»Wiedersehen, Francine. Grüße deine Eltern von mir.«

»Das Gleiche auch von mir.«

Es war nicht das Gleiche. Nicht zuletzt, weil seine Eltern gar nicht da waren. Sie hätten an diesem Gespräch auch nicht teilgenommen. Sie waren unbeteiligt.

Am Boulevard Victor-Hugo sprachen sie vermutlich noch weiter über ihn. Ob Francine ihren Eltern von dem gemeinsamen Erlebnis erzählt hatte?

»Ich erzähle ihnen alles«, hatte sie ihm während ihres Besuchs in der Villa in Cannes versichert.

An jenem Abend und auch bei der Gegeneinladung in Nizza hatte André den Eindruck gehabt, dass zwischen seiner Mutter und Madame Boisdieu keinerlei Sympathie bestand. Man musste nur die beiden Männer sehen, wie sie sich in ihren Sesseln gegenübersaßen, um zu spüren, dass sie alte Freunde waren, die sich oft hätten treffen und mühelos lange Stunden miteinander verbringen können.

Seine Mutter hingegen fühlte sich nicht wohl in ihrer

70

Haut. Sie redete zu viel und zu hektisch, wie immer in solchen Fällen, und Madame Boisdieu betrachtete sie mit einem gewissen Befremden.

André hatte nicht ihre ganze Unterhaltung verfolgt, denn kurz nach dem Abendessen hatte er Francine in sein Reich mitgenommen, die Mansarde mit den rohen Holzbalken.

»Hast du ein Glück!«, hatte sie ausgerufen. »Du hast einen Ort ganz für dich, wo du keine Ordnung halten musst.«

Ordnung herrschte in der Mansarde in der Tat nicht, so wie immer, und Francine machte eine Entdeckung nach der anderen.

»Du spielst Gitarre?«

»Ich habe es vor drei Jahren mal ausprobiert, es aber schnell aufgegeben.«

»Und die Hanteln, hast du die auch aufgegeben?«

»Die benutze ich, wenn ich zu lang gelernt habe oder wenn ich wütend bin. Es ist ein gutes Mittel, um sich abzureagieren.«

»Wütend auf wen?«

»Auf mich selbst.«

»Passiert dir das häufiger?«

»Bist du nie wütend auf dich selbst?«

»Manchmal. Vor allem, wenn ich jemandem wehgetan habe. Und bei dir?«

Er schüttelte den Kopf und suchte nach einer Erklärung. Beinahe hätte er gesagt: »Bei mir ist es, wenn ich mir selbst wehgetan habe ...«

Aber das wäre zu einfach gewesen und stimmte auch nicht ganz.

»Wenn ich mich nicht so verhalten habe, wie ich es hätte tun sollen. Zum Beispiel haben wir in der Schule einen Lehrer, der mich nicht mag, auch wenn ich nie herausgefunden habe, weshalb.«

»Ich wette, es ist der Englischlehrer.«

»Wie hast du das erraten?«

»Weil ich meine Englischlehrer oder auch Deutschlehrer nie leiden konnte. Die Sprachenlehrer sind anders als die anderen.«

»Aber nur weil er mich nicht mag, muss ich ihm ja nicht feindlich gesinnt sein, verstehst du?«

»Ich bin mir nicht sicher.«

»Ich weiß, wie ich ihn zur Weißglut bringen kann, und auch, dass die Klasse auf meiner Seite ist. Aber wenn ich das mache, tut er mir hinterher leid. Anschließend ärgere ich mich über mich selbst, darüber, dass er mir leidtut, und genauso darüber, dass ich ihn wütend gemacht habe.«

»Und wenn du dann nach Hause kommst, trainierst du mit den Hanteln. Und liegst wahrscheinlich auf diesem Teppich?«

Sie zeigte auf das rote Stück Teppich von der Länge eines Bettvorlegers, das ungleichmäßige Ränder hatte und noch aus dem Boulevard d'Alsace stammte.

»Ich liege fast immer auf dem Boden, wenn ich lerne oder lese. Die Dielen sind aus Fichtenholz, weshalb ich mir schon öfter mal einen Splitter zugezogen habe.«

»Einer meiner Brüder legt sich auch für sein Leben gern auf den Parkettboden. Papa meint, das sei sehr gesund für junge Leute.«

»Wenn ich Musik höre, liege ich auf dem Rücken.«

Bei ihr zu Hause gab es zwar keine Mansarde, aber sie hatte ihm ihr eigenes Zimmer gezeigt, in dem helle Holztöne vorherrschten und nichts Überflüssiges herumlag. Es machte einen schlichten, frischen Eindruck.

»Du siehst, bei mir gibt's kein Durcheinander! Wahrscheinlich würden meine Eltern es auch gar nicht zulassen.«

Wenn Mutter und Tochter dort über ihn sprachen, was würden sie wohl sagen, während Vater Boisdieu, der mit seinen Formularen zugange war, durch die offene Tür zuhörte?

»Bist du ganz sicher, dass sie es war?«

»Er hat sie auch sofort erkannt. Ein Sohn erkennt schließlich seine Mutter über eine Straße hinweg, oder nicht? Und dann war es ja auch noch ihr Auto ...«

»Hat sie euch beide gesehen?«

»Ich weiß nicht. André ist auf einmal ganz blass geworden, und anschließend war er nicht mehr derselbe.«

»Kam sie allein aus dem Haus?«

»Ich habe sie als Erste gesehen, als sie gerade aus der Tür kam. Hätte ich nichts gesagt, hätte er sie vermutlich gar nicht bemerkt, denn wir wollten in die entgegengesetzte Richtung. Es war ein Reflex von mir.«

»Ich verstehe.«

»Glaubst du, es hat ihn sehr getroffen?«

»Ich kenne ihn nicht gut genug, um das zu beurteilen. War ihm bewusst, um was für eine Art von Haus es sich handelt?«

»Ich kenne ihn ja auch noch nicht lange, habe ihn im Ganzen erst dreimal gesehen, aber ich bin überzeugt, dass er später noch einmal dorthin gegangen ist, nachdem er mich nach Hause begleitet hatte.«

»Und aus diesem Grund hast du ihn eben angerufen?«

»Auch ein bisschen deshalb. Ich würde ihn gerne wiedersehen. Vielleicht braucht er mich? Und morgen muss ich ja sowieso nach Cannes, um Émilie zu besuchen.«

»Wirst du André noch einmal darauf ansprechen?«

»Natürlich nicht. Es sei denn, er kommt von selbst darauf zu sprechen. Aber das ist nicht seine Art, denke ich. Im Gegenteil wird er versuchen, sich nichts anmerken zu lassen. Er hat keine Freunde, nie welche gehabt, und er will auch keine. Er ist ein Junge, der nicht gerne über sich selbst redet und am liebsten ohne andere Menschen auskommt.«

»Auch ohne dich?«

»Zu Beginn unseres Telefonats hatte ich kurz das Gefühl, er würde gleich auflegen. Wusstest du Bescheid?«

»Worüber?«

»Über seine Mutter.«

»Ich hatte gehofft, du würdest mir diese Frage nicht stellen.«

»Also wusstest du Bescheid.«

»Die Leute reden viel und mit Vorliebe Schlechtes über andere. Ich persönlich habe ihr nichts vorzuwerfen.«

»Aber zur Freundin hättest du sie nicht gern.«

»Das hat damit nichts zu tun.«

»Gib zu, dass ihr beide nicht miteinander warm werdet.«

»Das liegt wahrscheinlich weder an ihr noch an mir. Sagen wir, sie ist ein bisschen zu kompliziert und zu anstrengend für mich.«

»Na, hört mal, ihr Frauen, habt ihr jetzt nicht genug getratscht?«

»Hast du uns zugehört? Wie lautet denn deine Meinung, du kennst sie doch länger als ich?«

»Ich habe keine Meinung. Wollte man sich mit dem Charakter und dem Lebenswandel all jener beschäftigen, die man in jungen Jahren gekannt hat, käme man nicht mehr dazu, sein eigenes Leben zu leben.«

»Aber du denkst doch trotzdem, dass er ihretwegen auf eine Medizinerkarriere verzichtet und stattdessen die Zahnarztausbildung gemacht hat?«

»Das ist gut möglich und hätte mir ebenso passieren können. Er hatte eben weniger Geduld als wir. Hatte Lust zu heiraten. Als Zahnarzt bestand die Aussicht, schneller seinen Lebensunterhalt zu verdienen als mit dem Medizinstudium. Selbst ohne Spezialisierung hätte er noch fünf Jahre vor sich gehabt, wenn ich mich recht erinnere.«

»Wovon haben sie während seiner Ausbildung gelebt?«

»Meines Wissens hat er abends und einen Teil der Nacht in einem Dentallabor gearbeitet.«

»Glaubst du, dass er zufrieden ist und es nicht bereut?«

Was sollte Boisdieu darauf antworten? Und was sollte André auf diese Frage antworten, die er sich stellte, während er in seine Mansarde hinaufging? So oder so würde er sich weigern, auf diese oder andere Fragen zu antworten.

Was wusste er überhaupt? Wer wusste über was Bescheid? War sein Vater im Bilde? Und Natacha? Und all die Freunde, die früher zu Besuch gekommen waren und sich jetzt nicht mehr blicken ließen?

Es ging weder die Boisdieus etwas an, die so behaglich in ihrer aufgeräumten Wohnung saßen, noch die anderen Freunde, noch sonst irgendjemanden.

Es ging nicht einmal ihn, André, etwas an. Sie war seine Mutter. Er beanspruchte Freiheiten für sich, und sie war auch frei. Es stand ihm nicht zu, seinen Vater oder wen auch immer zu kritisieren, höchstens sich selbst.

Er wollte nur seinen Frieden haben. Und die anderen sollten ihm nicht das Leben verkomplizieren, jenes Leben, das er sich geduldig ganz allein aufbaute.

Sie sollten ihn ein für alle Mal in Ruhe lassen. Sollten aufhören, ihm mit vertraulichen Geständnissen oder Halbwahrheiten zu kommen. Sie sollten aufhören, seine Erinnerungen zu manipulieren, sie durch andere zu ersetzen, wie seine Mutter es erst vorhin wieder versucht hatte.

Keiner hatte das Recht, ihn zu beeinflussen!

Ihm war ebenso wenig nach Lernen wie nach Musikhören oder Gewichtheben zumute. Er wünschte sich nichts anderes, als die Begegnung in Nizza, und was sie womöglich bedeutete, aus dem Kopf zu kriegen.

Fast neigte er dazu, Francine die Schuld zu geben, denn ohne sie wäre er nie auf die Idee gekommen, sich an einem Donnerstag um halb sechs in der Rue Voltaire aufzuhalten, die er nicht einmal kannte. Aber so weit kam es noch! Am Ende verdrehte man völlig die Tatsachen.

Er horchte auf. Unten war die Eingangstür auf- und wieder zugegangen. Sein Vater kam nach Hause. Man hörte das Klicken des Lichtschalters. Noémie war schon vor einer Weile hochgegangen und schlief wahrscheinlich inzwischen, mit einer Wärmflasche auf dem Bauch, wie sie es gerne tat.

Sein Vater machte Licht im Wohnzimmer, verweilte dort nur kurz, und begab sich, nachdem er es wieder gelöscht hatte, langsam, mit schweren Schritten in den ersten Stock. Nach einem zögernden Innehalten auf dem Treppenabsatz nahm er ein paar weitere Stufen.

André hatte nicht die Nerven, ihn an diesem Abend zu sehen, zu hören oder zu sprechen. Mit einer hastigen Bewegung knipste er die Lampe aus, damit kein Lichtstreifen unter der Tür durchschien und sein Vater glaubte, er sei zu Bett gegangen.

Seine List war überflüssig. Die Schritte waren verstummt. Vielleicht besaß Lucien Bar selbst nicht die Nerven. Oder seine Scheu hielt ihn davon ab, seinen Sohn an zwei Abenden in Folge aufzusuchen.

Er kehrte um und begab sich ins Schlafzimmer, dann ins Bad, wo man kurz darauf Wasser in die Wanne laufen hörte. Er hatte einen anstrengenden Tag gehabt.

Es verging eine ganze Viertelstunde, ehe André den Arm ausstreckte, um die Lampe wieder anzuschalten.

4

Am Samstagmittag waren es die beiden Männer, die zu zweit am für drei gedeckten Esstisch zusammentrafen. Sie waren beide verlegen und vermieden es, sich anzusehen.

»Ist deine Mutter noch nicht heruntergekommen?«

»Ich weiß nicht. Ich bin selbst gerade erst gekommen.«

»Ich sehe mal nach.«

Und sein Vater stieg besorgt die Treppe hinauf, während André sich unwillkürlich in die Küche begab, wo er, um seine Unsicherheit zu überspielen, den Deckel von einem Topf hob.

»Kohlrouladen, Noémie?«

»Die haben Sie sich doch vorgestern von mir gewünscht.«

»Kommt Mama nicht zum Mittagessen?«

»Es würde mich wundern, wenn sie heute überhaupt herunterkommt. Sie hat sich den ganzen Morgen erbrochen, und gegen elf war sie in so schlechter Verfassung, dass ich fast den Arzt gerufen hätte. Wenn ich nicht gewusst hätte, woran's liegt ...«

André warf ihr einen strengen Blick zu. Er gestand niemandem das Recht zu, Kommentare über seine

Eltern abzugeben, ganz gleich, was er selbst über sie dachte. Und den schnoddrigen Zynismus von Noémie konnte er schon gar nicht leiden.

Er ging aus der Küche und wanderte eine Weile durch den Garten, wo die beiden üblichen Amseln kaum einen Meter von ihm entfernt über den Rasen hüpften. Er hatte die Tür offen stehen lassen, und als er seinen Vater auf der Treppe hörte, eilte er zu ihm nach drinnen.

»Sie ist heute Nacht sehr spät nach Hause gekommen und ist noch müde.«

Sein Vater sah blass aus und schaute ihn nicht an. War es nicht so, dass seine Mutter, wenn sie in diesem Zustand war, die grausamsten Dinge äußerte?

»Lass uns essen, mein Junge.«

Während sie ihre Vorspeise aßen und sich schweigend die Platten reichten, schien Lucien Bar immer kurz davor, etwas zu sagen.

»Geht es gut voran mit deiner Prüfungsvorbereitung? Bist du zufrieden?«

»Du weißt ja, ich mache mich nicht verrückt deswegen.«

Ab und zu musterte der Vater ihn mit einem flüchtigen, ja verstohlenen Blick.

»Du darfst deiner Mutter nicht böse sein, André.«

»Ich bin ihr nicht böse.«

»Ich verstehe, dass dich ihr Verhalten zuweilen aufbringt.«

»Es bringt mich gar nicht auf. Ich mag es nur nicht,

wenn sie so munter daherplaudert, als wollte sie sich selbst etwas vormachen. Ich kann vor allem diese Natacha nicht leiden.«

»Du musst verstehen, das Leben deiner Mutter war nicht immer einfach.«

»Das verstehe ich.«

Er hätte gern das Thema gewechselt, wagte es aber nicht. Es war selten, dass sein Vater so offen zu ihm sprach, auch wenn er sich Mühe gab, möglichst neutral und gleichgültig zu klingen.

»Meine Arbeit nimmt mich sehr in Anspruch, weshalb es mir nicht möglich ist, mich so um sie zu kümmern, wie ich sollte. Zu der Zeit, als sie besonders gern ausgegangen wäre und sich gern amüsiert hätte, besaßen wir nicht viel Geld. Außerdem musste sie sich damals um dich und um den Haushalt kümmern.«

»Ich weiß.«

»Und jetzt hat sie sich in den Kopf gesetzt, dass es für all das bald zu spät ist, dass sie bald eine alte Frau sein wird. Es ist eine schwierige Lebensphase, selbst für einen Mann.«

Die letzten Worte überraschten ihn. Er hätte nie geglaubt, dass sein Vater das Älterwerden überhaupt wahrnahm und es ihn belasten könnte.

»Ich mag Natacha auch nicht, aber …«

Er führte seinen Satz nicht zu Ende. Wahrscheinlich hatte er etwas sagen wollen wie: »Aber sie ist alles, was sie finden konnte, und daran hält sie sich fest.«

Er drückte den Klingelknopf unter dem Tisch, und

sie schwiegen, solange Noémie frische Teller und die Kohlrouladen brachte.

»Ich weiß nicht, ob es richtig ist, dir von der Sache zu erzählen, wo du doch gerade kurz vor dem Abitur stehst. Ich kann dir versichern, es gibt keinen Grund zur Besorgnis. Als ich heute Morgen in meiner Praxis war, habe ich einen Anruf von Dr. Pellegrin erhalten.«

»Ist Großmutter krank?«

»Sie wollte nicht, dass er mich benachrichtigt, du kennst ja deine Großmutter. Sie hasst es, wenn man sich um sie sorgt, besonders um ihre Gesundheit.

Sie geht auch nur deshalb zu Pellegrin, weil er seit fast vierzig Jahren direkt unter ihr wohnt. Sie haben ungefähr das gleiche Alter und dürften wohl die ältesten Mieter im Haus sein ...«

André sah das alte Haus in der Rue des Fossés-Saint-Bernard, das sich um die Ecke der Halle aux Vins befand, genau vor sich und erinnerte sich auch noch an den eigenartigen Geruch der Wohnung mit den niedrigen Zimmerdecken.

»Es ist möglich, sogar sehr wahrscheinlich, dass sie an Gallensteinen leidet. Am Montag wird eine Röntgenaufnahme gemacht, und vermutlich wird man sie operieren müssen.«

»Ist es ernst?«

»Es ist ernst zu nehmen, aber nicht wirklich bedrohlich. Meine Mutter war nie krank und besitzt eine gute Konstitution. Sie ist erst siebenundsechzig. Oder nein, inzwischen achtundsechzig.«

»Fährst du nach Paris?«

»Pellegrin hat mir davon abgeraten. Erstens hat er mich ohne Mutters Wissen verständigt, und sie würde es ihm sehr übel nehmen, wenn sie es erführe. Zweitens würde sie, wenn sie mich plötzlich auftauchen sähe, am Ende denken, dass es schlimmer um sie steht, als es der Fall ist. Sie ist eine sonderbare Frau.«

André mochte sie gern, obwohl er sie kaum kannte. Er hatte sie mit seinen Eltern erst dreimal in jener Wohnung besucht, in der sie seit ihrer Heirat lebte und wo sich seit dem Tod ihres Mannes nichts verändert hatte.

Zweimal war sie außerdem zu ihnen nach Cannes gekommen. Das erste Mal lebte der Großvater noch, und André erinnerte sich besonders an seinen rötlichen Bart, an seinen traurigen und zugleich würdevollen Blick. Sie hatten darauf bestanden, in einer Pension abzusteigen, und man bekam sie kaum zu Gesicht.

Beim zweiten Mal musste er zwölf Jahre alt gewesen sein. Da war sein Großvater bereits gestorben. Sie wohnten schon in der Villa, wo zwei Gästezimmer zur Verfügung standen. In einem davon sollte seine Großmutter einen Monat lang bei ihnen wohnen. André beobachtete sie damals mit einer gewissen Faszination, denn sie war die eigenwilligste Persönlichkeit der Familie.

Sie war im belgischen Flandern geboren, in Steenkerke bei Veurne. Als der Großvater sie während eines Urlaubs in Malo-les-Bains kennenlernte, arbeitete sie als Kellnerin in einem Restaurant und sprach kaum Französisch. Eine füllige Rothaarige, üppig und stämmig, die über alles lachte und nicht auf den Mund gefallen war.

Émile Bar hatte gerade sein Jurastudium abgeschlossen. Er heiratete sie, und wenige Monate später zogen sie in die Rue des Fossés-Saint-Bernard, von wo sie sich nie wieder wegbewegen sollten.

Aus ihrer Heimat hatte die Großmutter, die Anna hieß, sich einen Akzent bewahrt, der stärker wurde, wenn sie sich aufregte, und dann begann sie alle Welt zu duzen.

In Cannes blieb sie statt eines Monats gerade mal eine Woche.

»Jeder lebt sein Leben, wie er es versteht, Kinder. Ich fühle mich hier nicht zu Hause, und ich muss mich die ganze Zeit zurückhalten, um euch nicht meine Meinung zu geigen.«

Sie hielt dennoch nicht damit hinter dem Berg und kritisierte alles, vor allem ihre Schwiegertochter, ihre Art zu reden, sich zu kleiden, zu schminken und den Haushalt zu führen.

Es war offensichtlich, dass sie sie verachtete und es ihr ewig übel nehmen würde, dass sie ihr den Sohn geraubt hatte. Aber auch ihm verzieh sie nicht, dass er eine in ihren Augen so schlechte Wahl getroffen hatte, und sie verfolgte ihr Leben mit sarkastischen und vorwurfsvollen Blicken.

Es war die Zeit, in der sie ein- bis zweimal pro Woche

Gäste empfingen. Einmal hatten sie Freunde zum Essen dagehabt und bis tief in die Nacht getanzt. Da schlich sie frühmorgens um sechs durch das Erdgeschoss, um die leeren Flaschen und zerbrochenen Gläser zu zählen.

Der Großvater war an Leberzirrhose gestorben. Wann und weshalb er wohl angefangen hatte zu trinken? Offenbar erst mit etwa fünfunddreißig, wie André hier und da aufgeschnappten Bemerkungen entnahm.

Bis dahin war er Referendar bei einem bekannten Anwalt, heute Mitglied der Académie Française, gewesen, dessen fester Mitarbeiter er in der Folge wurde. Schließlich hatte er, bei sich in der Rue des Fossés-Saint-Bernard, seine eigene Kanzlei eröffnet.

In Andrés Beisein wurde nie darüber geredet, wie das Ganze begonnen hatte. Und er selbst hatte nicht danach gefragt.

»Der arme Mann trinkt«, hatte man geflüstert, als handelte es sich um eine peinliche Krankheit oder eine erblich bedingte Störung.

André hatte sich deswegen ziemliche Sorgen gemacht. In der sechsten oder siebten Klasse hatte ein Lehrer ihnen im Biologieunterricht das Phänomen der Gene und der Vererbung erklärt. Und etwa zur selben Zeit hatte er in einer herumliegenden Zeitschrift zufällig einen Artikel über erblichen Alkoholismus gelesen.

»Mama, glaubst du, dass Großvater ein Alkoholiker war?«

»Er hat sehr viel getrunken, ja.«

»Aber Vater trinkt nicht. Er verdünnt sogar seinen Wein mit Wasser.«

Vielleicht stammte daher Andrés Abneigung gegen alles, was Alkohol enthielt. Er hatte schlicht Angst.

»Dein Großvater hat Enttäuschungen erlitten und deshalb mit dem Trinken begonnen.«

»Was für Enttäuschungen?«

»Das ist kompliziert, und ich kenne auch nicht alle Einzelheiten. Offenbar hat er, um einem Mandanten zu helfen, zu Mitteln gegriffen, die von der Anwaltskammer missbilligt wurden. Was für Mittel das gewesen sind? Jedenfalls war es so gravierend, dass man ihn für zwei Jahre suspendiert hat.«

»Was bedeutet das?«

»Er durfte nicht mehr vor Gericht auftreten und auch sonst seinen Beruf nicht ausüben.«

»Und wie hat er Geld verdient?«

»Indem er für Kollegen, die Mitleid mit ihm hatten, Aktenarbeit erledigte.«

»Hat Vater da noch bei seinen Eltern gewohnt?«

»Ja. Er war ungefähr fünfzehn, wenn ich nicht irre, und ging aufs Gymnasium.«

Zu der Zeit pflegte er seine Mutter noch öfter auszufragen, denn die unbewegte Miene seines Vaters, die er für ein Zeichen von Kälte oder Gleichgültigkeit hielt, schüchterte ihn ein.

»Und was ist dann passiert?«

»Nichts. Von da an verbrachte er einen Teil des Tages in Kneipen. Als er seinen Beruf wieder voll ausüben durfte, fand er nur noch flüchtige Laufkundschaft, kleinere Fälle, die man in den Fluren des Justizpalasts ergattert. Er ließ sich immer mehr gehen.«

»Und seine Frau?«

»Die hat ihm nie einen Vorwurf gemacht. Was vielleicht ein Fehler war. Sie stammt noch aus einer Zeit, in der man den Familienvater als eine Art Gott ansah. Wenn sie ihn morgens aufweckte, musste sie ihn lange rütteln, und dein Vater erzählt, dass sie es immer lachend getan habe.

›Auf, Émile! Es wird Zeit, dass du deine Brötchen verdienst!‹

Und da sie wusste, dass er nur so auf die Beine kam und es für sein Selbstvertrauen benötigte, war sie die Erste, die ihm ein Glas Weißwein einschenkte.

Das war sein tägliches Frühstück. Er hat nie etwas anderes als Weißwein getrunken, davon aber gleich drei Flaschen am Tag.

Mittags hatte er bereits eine schwere Zunge und glasige Augen. Aber bei den Fällen, die er vertrat – meistens Ordnungswidrigkeiten, seltener Straftaten –, brachte er offenbar nie etwas durcheinander.«

Als seine Großmutter jene bewegte eine Woche bei ihnen verbrachte, trank seine Mutter noch nicht. Die Großmutter war sehr fettleibig geworden, aber ihre Korpulenz nahm ihr nichts von ihrer Lebhaftigkeit und der höhnischen Streitlust. Insgeheim hatte André ihr oft recht geben müssen.

»Wenn ich daran denke, dass du, nur um früher zu

heiraten und ohne dich erst mal in Ruhe umzugucken, die Arztlaufbahn aufgegeben hast und nun bis zum Rest deiner Tage in kranken Zähnen herumstochern musst!

Konntet ihr nicht einfach miteinander schlafen, wo ihr doch Lust darauf hattet, und dann abwarten, bis ihr auf eigenen Füßen steht? Glaube nur nicht, dein Vater und ich hätten in dieser Hinsicht Bedenken gehabt!

Ich kannte ihn gerade mal zwei Tage, da sind wir schon zusammen ins Bett gegangen. Übrigens wäre ich fast gefeuert worden, denn es war in dem Hotel, in dem ich damals arbeitete, und den Kellnerinnen und Zimmermädchen war es streng verboten, mit den Gästen zu schlafen.«

Am Morgen hatte André sich den Kopf freigeschwommen, hatte hartnäckig gegen die Wellen angekämpft, denn der Wind hatte nach Ost gedreht, und den Strand entlang türmten sich meterhohe Brecher. In der Schule hatte er sich teilnahmslos gezeigt und oft den Eindruck erweckt, er würde nicht zuhören.

»Was habe ich gerade gesagt, Monsieur Bar?«

Zur Überraschung des Lehrers wiederholte er dessen Satz daraufhin Wort für Wort.

Er strengte sich nicht an, ein herausragender Schüler, der Klassenbeste oder Zweitbeste zu sein, wie er es mit nur wenig Aufwand geschafft hätte.

Es hatte nichts mit Faulheit zu tun. Er sah nur einfach keinen Sinn darin, sich den Kopf mit Inhalten vollzustopfen, die ihn nicht interessierten und von denen er sich keinen Nutzen versprach.

In manchen Fächern wie Geschichte machte er gerade genug, um den Durchschnitt zu erreichen, und er war in der Lage, seine Noten bis auf einen Punkt genau vorauszuberechnen.

Eines Tages würde er sich mit Geschichte genauer befassen, aber auf seine Art und nicht in der albernen Weise, wie sie auf dem Gymnasium gelehrt wurde. Es war ihm wichtig, frei und unabhängig zu bleiben, weshalb er in allen Bereichen nur die nötigsten Zugeständnisse machte, so wie er sich auch zu Hause nur geringfügig ins Familienleben einbrachte.

Beide schwiegen und hingen ihren eigenen Gedanken nach. Ob sein Vater an verschiedene Momente seines Lebens in der Rue des Fossés-Saint-Bernard zurückdachte?

Die Wörter ließen bei ihnen jeweils andere Bilder entstehen. Was für André beispielsweise »Großmutter« war, wurde in den Gedanken seines Vaters zu »Mama«. Und wahrscheinlich sah er sie auch anders vor sich, nicht wie sie heute war, sondern wie er sie in seiner Kindheit erlebt hatte.

»Mein Vater hatte Glück.«

Es schien, als hätte er unbedacht mit sich selbst gesprochen, denn er stutzte und hielt es für nötig, seinen Gedanken zu erklären.

»Die meisten Frauen hätten ihm gegrollt, hätten mit Härte oder Bitterkeit reagiert. Aber ich habe meine Mutter ihm nie auch nur einen einzigen Vorwurf machen hören.

Dabei war das Leben nicht immer leicht für sie. Ich erinnere mich an eine große Nähmaschine, die sie monatsweise mietete und an der sie für einen Schneider im Viertel Herrenhosen nähte.

Sie hatte nie eine Hausangestellte oder eine Putzfrau.

Seit Jahren flehe ich sie an, sie soll sich auf meine Kosten eine zulegen, und sie lacht mir nur ins Gesicht und meint, sie würde es nicht ertragen, wenn jemand den ganzen Tag hinter ihr herspionierte.

Dass sie bei ihrem letzten Besuch hier nicht länger bleiben wollte, lag zum Teil daran, dass ihr die Villa zu groß, zu luxuriös war. Noémies Anwesenheit ging ihr gegen den Strich, und sie fand sie unverschämt.

›Nicht zu fassen, dass du dich für das hier kaputtarbeitest! Und dafür, dass deine Frau bis zehn Uhr vormittags schläft!‹

Das Schwerste wird sein, sie davon zu überzeugen, eine Privatklinik aufzusuchen und nicht ein normales Krankenhaus. Pellegrin hat versucht, es anzusprechen, und sie sagte gleich: ›Mein Sohn braucht das Geld nötiger als ich.‹«

Wieder seufzte Lucien Bar:

»Sie ist eine sonderbare Frau …«

Ob André eines Tages auch von seiner Mutter sagen würde: »Sie ist eine sonderbare Frau …«?

Alles hing auf eine seltsame Weise zusammen. Er hatte das Gefühl, dass er entgegen seiner Vorstellung nicht frei war, sondern ihn unzertrennliche Bande nicht nur an seine Eltern knüpften, sondern auch an seine

Großmutter, seinen Großvater und andere Menschen von geringerer Bedeutung, die gleichwohl eine Rolle in seinem Leben spielten.

Die Boisdieus zum Beispiel, an die er öfter dachte, als ihm lieb war.

Sie waren fertig mit Essen, und beide standen auf. In wenigen Minuten würde sein Vater in seinem üblichen gleichmäßigen Tempo zur Croisette gehen, wo er Punkt zwei in seinem weißen Kittel im Behandlungszimmer stehen würde.

»Bitten Sie den ersten Patienten herein, Alice.«

Seine Sprechstundenhilfe war eine hübsche Brünette, die anlässlich des Umzugs in die neuen Praxisräume die alte Mademoiselle Béguin ersetzt hatte, die so ruppig mit den Patienten umgegangen war.

Der Name Alice fiel bei ihnen zu Hause recht häufig, ausgesprochen meist von seiner Mutter, in einem andeutungsreichen Ton.

Ob sein Vater mit seiner Sprechstundenhilfe schlief? Und war seine Mutter deswegen eifersüchtig? André lebte seit seiner Geburt mit ihnen zusammen und wusste doch fast nichts über sie. Er selbst war es, der nichts wissen wollte und sich verkrampfte, sobald sie ihm etwas über sich und ihr Leben zu erzählen versuchten.

»Jedenfalls«, fügte sein Vater hinzu, als sie beide noch auf ihrer Seite des Tisches standen, »gibt es etwas, worin du deiner Großmutter ähnlich bist.« Er musterte ihn.

»Was denn?«

»Deine Wutanfälle. Du hattest nicht viel Gelegenheit, die von Mutter mitzuerleben.«

»Aber ich werde nie wütend.«

»Als du noch kleiner warst, konntest du dich nicht beherrschen, bist buchstäblich explodiert und hast deine Mutter und mich wüst beschimpft.«

»Das ist schon seit mindestens drei Jahren nicht mehr vorgekommen.«

»Du hast recht. Aber innerlich explodierst du immer noch, wenn man so sagen kann. Man sieht, wie du plötzlich bleich wirst; deine Züge versteinern, und deine Augen nehmen eine gewitterähnliche Farbe an, die dich erschrecken würde, wenn du sie in dem Moment selbst sehen könntest.«

»Ich habe mich unter Kontrolle.«

»Das ist es ja gerade. Genau diese Anstrengung ist so deutlich zu spüren. Manchmal wünschte ich, du würdest so wie früher einfach Dampf ablassen.«

Sie waren an der Tür angelangt. Sie hatten nur zu zweit zu Mittag gegessen, was selten vorkam, und wesentlich mehr miteinander gesprochen als sonst in einer ganzen Woche.

Machte es sie froh? Ihr Blick drückte weniger Heiterkeit aus als vielmehr einen gewissen Ernst.

»Einen schönen Nachmittag, Sohn.«

Er ließ André den Vortritt und legte ihm auf der Schwelle kurz die Hand auf die Schulter, beiläufig und flüchtig, in der Art von Francine.

»Übrigens treffe ich nachher Francine.«

»Fährst du nach Nizza?«

»Nein, sie kommt nach Cannes, um eine Freundin zu besuchen, deren Vater du bestimmt kennst, Dr. Poitrat.«

»Du meinst Émilie?«

»Die kennst du auch?«

»Poitrat ist der beste Kardiologe an der Côte d'Azur.«

»Émilie wird Montagmorgen am Blinddarm operiert.«

Es war nicht so, dass André große Redelust verspürt hätte. Ihm schien nur, dass sein Vater für seine offenen Worte von eben im Gegenzug auch ein paar Sätze verdient hatte.

»Francine ist ein feines Mädchen.«

Sie ergingen sich in Nettigkeiten. Im Grunde waren sie mit dem jeweils anderen zufrieden. Sie hatten gerade eine Vertrautheit miteinander erlebt, die sie so noch nicht gekannt hatten.

»Bist du zum Abendessen wieder zurück?«

»Sicher. Sie nimmt um sechs den Schienenbus.«

»Richte ihr aus, ihre Eltern herzlich von mir zu grüßen.«

Er zögerte einen Moment, ob er hochgehen sollte, um sich von seiner Frau zu verabschieden, nahm dann aber letztlich doch nur den Hut von der Garderobe und trat hinaus, um die Außentreppe hinunter und über den sonnenbeschienenen Weg zum Tor zu gehen.

*

»Kommst du öfter hierher?«

»Ziemlich oft, vor allem morgens, wenn ich noch einen freien Moment habe.«

Auch in den Straßen der Stadt waren ihm die frühen Morgenstunden am liebsten, wenn in den Geschäften und Lokalen geputzt wurde, und nicht selten drehte er, bevor er in die Schule ging, noch eine Runde über den Marché Gambetta.

Damals, am Boulevard d'Alsace, hatten sie genau gegenüber gewohnt, und er brauchte nur die Fußgängerbrücke zu überqueren. An manchen Tagen, wenn die Fenster offen standen, drang der Gemüse- und Fischgeruch des Markts bis in ihre Wohnung.

Francine und er schlenderten die Mole entlang, gemächlich wie Sonntagsbummler, und machten, ohne sich abzusprechen, vor jedem Boot halt, das sie dann eine Weile betrachteten.

Er verspürte den Drang, über sich selbst zu spotten.

»Wenn ich allein bin, passiert es mir manchmal, dass ich die Zeit vergesse und irgendwo hängen bleibe. Dann schaue ich, als wär's wer weiß was für ein Spektakel, einem Matrosen zu, der in einem Beiboot steht und mit Seife und Schwamm den Rumpf einer weißen Yacht schrubbt.«

»Magst du Schiffe?«

»Sie faszinieren mich. Ich kenne alle hier. Ich sehe auf den ersten Blick, wenn eins fehlt oder ein neues dazugekommen ist.

Die meisten laufen fast nie aus. Der schwarze Zwei-
master dahinten gehört einem amerikanischen Schriftsteller, den man zu bestimmten Zeiten auf seiner
Schreibmaschine tippen sieht. In seiner Heimat soll er
ziemlich berühmt sein.«

Sie verweilten etwas länger vor einer riesigen Yacht
von der Größe eines Passagierschiffs, deren Besatzung
aus dreißig Mann bestand, Stewards und Zimmermädchen nicht eingerechnet. Sie überquerte jedes Jahr den
Atlantik, um vor den Bermudas zu ankern.

»Hättest du so etwas auch gern?«

André dachte eine Weile nach.

»Nein. Im Grunde strebe ich nicht nach Reichtum.
Das Geld würde mir Angst machen. Arm möchte ich
freilich auch nicht sein. Obwohl …«

»Sprich weiter.«

»Es ist schwer zu erklären. Manchmal sehne ich mich
danach, nichts zu besitzen. Keine Verpflichtungen zu
haben. An nichts gebunden zu sein, an nichts festzu-
hängen …«

»Ist das nicht ein bisschen sehr romantisch?«

»Wahrscheinlich. Würdest du sagen, dass deine Eltern
reich sind?«

»Ich würde eher sagen, dass mein Vater recht gut verdient und wir ein sorgenfreies Leben führen.«

»Gut, so weit könnte mein Ehrgeiz auch noch gehen. Unter der Bedingung, dass ich nicht Sklave meines Wohlstands bin und eine Arbeit habe, die mich beglückt.«

»Die Arbeit meines Vaters beglückt ihn. Wenn er nicht auch noch diesen Papierkrieg führen müsste ...«

»Am wichtigsten erscheint mir die Freiheit. So wie wir gerade frei sind, hier stehen zu bleiben oder ein Stück weiter vorne, ohne dafür jemandem Rechenschaft ablegen zu müssen. Sieh an, da ist ja mein Angler ...«

»Kennst du ihn?«

»Ich habe noch nie mit ihm gesprochen. Was denkst du, wie alt er ist?«

»Zwischen vierzig und fünfzig?«

»Denke ich auch. Er ist also noch kein Ruheständler. Er ist weder invalide noch verkrüppelt. Und macht auch keinen kranken Eindruck.«

»Warum sagst du das?«

»Weil ich, egal zu welcher Tageszeit ich herkomme, sicher sein kann, ihn an der immer gleichen Stelle sitzen zu sehen, zwischen der *Cormoran* und dem merkwürdigen kleinen Boot mit den beiden Seitenschwertern und der niederländischen Flagge.

Ich begreife nicht, warum er sich ausgerechnet diese Stelle ausgesucht hat, wo man doch wegen der vielen Taue kaum Platz hat, die Angel auszuwerfen.«

André suchte nach dem Schwimmer.

»Siehst du diesen kleinen roten Stöpsel? Stell dir vor, du starrst ihn stundenlang an und wartest darauf, dass er plötzlich zittert und dann, schwups, unter der Oberfläche verschwindet.«

»Fängt er denn etwas?«

»Ich habe ihn noch keinen einzigen Fisch fangen sehen. Das Ulkige ist, dass seine Faszination ansteckend ist. Ich habe schon über eine Viertelstunde neben ihm gestanden und war ganz aufgeregt, als der Schwimmer sich zu bewegen schien.

Und ich bin nicht der Einzige. Manchmal sind wir drei oder vier, die zusehen. Es gibt noch einen anderen Angler ganz am Ende der Mole, der es schon professioneller angeht. Er fischt mit der Spinnangel und erwischt recht schöne Exemplare.«

»Ihm hast du auch schon zugesehen?«

Lag da ein sanfter Spott in ihrer Stimme? Er versuchte gar nicht erst, seine Schwächen vor ihr zu verbergen, seine kleinen Marotten und kindischen Anwandlungen. Überhaupt hatte er, trotz seines athletischen Körpers und seines ernsten Lerneifers, manchmal etwas von einem Kind.

Es war ihm anzumerken, dass er glücklich war, mit ihr zusammen zu sein, aber er kam gar nicht auf die Idee, sie zu umwerben, ja er nahm sie kaum richtig als Frau wahr.

»Du bist ein seltsamer Junge, André.«

»In welcher Hinsicht?«

»In jeder. In manchen Augenblicken würde man dich für zwanzig halten, in anderen verhältst du dich wie einer meiner Brüder. Ich fände es schön, wenn meine Brüder so wären wie du.«

»Weil du dich dann über sie amüsieren könntest?«

»Ach was! Sei nicht beleidigt. Weil ich mit ihnen dann über alles reden könnte.«

»Du kannst doch schon mit deinen Eltern über alles reden.«

Er musste wieder an den Anruf vom Vorabend denken, an Boisdieu in seinem Arbeitszimmer, an die Mutter, die aus der Küche kam und sich zu Francine ins Wohnzimmer setzte.

»Mit wem telefonierst du?«

»Es ist André, Mama.«

Ein Schatten legte sich über sein Gesicht, und seine Augen nahmen, wie sein Vater es genannt hatte, eine Gewitterfarbe an.

»Hast du mit ihnen gesprochen?«

»Worüber?«

»Das weißt du genau. Über die Begegnung, die wir am Donnerstag hatten.«

»Willst du unbedingt die Wahrheit hören?«

»Sonst hätte ich mir die Frage sparen können.«

»Wirst du mir auch nicht böse sein?«

»Ich verspreche es.«

»Also: Ja.«

»Wann?«

»Gestern, gleich nach unserem Telefonat.«

»Warum?«

»Weil ich ihnen alles erzähle, ich habe es dir ja gesagt.«

»Auch wenn es dich gar nichts angeht?«

»Es geht mich etwas an.«

Er wurde patziger, und obwohl er weiterhin auf die Boote blickte, sah er sie nicht wirklich.

»Wieso das?«

»Erstens, weil du mein Freund bist. Oder zumindest denke ich das ...«

»Das ist kein Grund, deine Eltern über meine Angelegenheiten zu informieren.«

»Und zweitens, weil ich mich auch etwas verantwortlich fühle. Wäre ich nicht so dumm damit herausgeplatzt, als ich deine Mutter gesehen habe, hättest du sie gar nicht bemerkt.«

»Wäre dir das lieber gewesen?«

»Vielleicht. Deinetwegen.«

»Und hätte es nicht ein Geheimnis zwischen uns bleiben können?«

»Daran habe ich nicht gedacht.«

»Was haben deine Eltern gesagt?«

»Mein Vater hat seine Tür zugemacht, weil wir ihn beim Arbeiten störten.«

»Glaubst du nicht eher, er wollte taktvoll sein?«

»Das ist gut möglich.«

»Er muss früher mal eng mit meinem Vater befreundet gewesen sein, und wenn ich mich nicht täusche, schätzt er ihn immer noch sehr. Es war zu spüren, als die beiden zusammensaßen, vor allem an dem Abend bei euch. Und wie hat deine Mutter reagiert?«

Sie schwieg, und er hakte nach:

»Fürchtest du, mir wehzutun? Ich kann dich beruhigen, egal, was du mir erzählst, es wird nichts für mich ändern. Sie wusste schon Bescheid, nicht wahr?«

»Ich glaube, ja.«

»Du glaubst es nur?«

»Sie wusste Bescheid.«

»Und andere, viele andere auch, nehme ich an?«

»Es mag dich vielleicht verwundern, aber Mama hat sie in Schutz genommen.«

»Inwiefern?«

»Sie meinte, die Leute hätten immer das Bedürfnis, über andere zu reden, und in der Regel schlecht.«

»Und sonst? Was das Haus in der Rue Voltaire betrifft?«

»Ich sagte zu Mama, dass du nach unserem Treffen bestimmt noch einmal dorthin gegangen bist. Stimmt das?«

»Das stimmt. Und am nächsten Tag bin ich noch ein zweites Mal dorthin.«

Sie sah erschrocken aus.

»Um dort nachzufragen?«

»Nein. Nur, um es mir anzusehen.«

Irgendwie war ihm plötzlich danach, sie zu provozieren. Dabei hatte er sich geschworen, mit niemandem darüber zu sprechen, und schon gar nicht mit ihr.

Er lachte höhnisch auf.

»Sie hat mich eingeladen, dort …«

»Wer?«

»Madame Jeanne. Die Frau, die diese möblierten Zimmer vermietet. Sie sieht ein bisschen aus wie meine Großmutter, nur kleiner und noch jünger. Sie hat mich eingeladen, mit einem hübschen Mädchen wiederzukommen. Sie nannte mir sogar mehrere Adressen von Bars, wo ich angeblich so viele treffen könnte, wie ich nur wollte.«

Wie unabsichtlich streifte sie im Gehen seine Hand. Noch aufgeregter fuhr er fort:

»Es ist hübsch und sauber dort, voller Nippes und Stickereien – auch dies wie bei meiner Großmutter, mit dem Unterschied, dass die Fensterläden aus Gründen der Diskretion den ganzen Tag geschlossen bleiben.«

Er wollte nicht anfangen zu weinen und ballte die Fäuste.

»Sie hat mir erklärt, oft würde der Mann schon vor seiner Begleiterin das Haus verlassen, um nicht auf der Straße mit ihr gesehen zu werden. Und noch aus einem anderen Grund, auf den ich gar nicht gekommen wäre: Die Frauen benötigen deutlich mehr Zeit, sich anzuziehen.«

»Sprich nicht weiter, André.«

»Du wolltest doch wissen, ob ich wieder hingegangen bin, oder nicht? Wären wir etwas früher aus der kleinen Bar herausgekommen, hätten wir den werten Monsieur vielleicht noch sehen können.«

»Wie kannst du nur ...?«

»Wieso? Was sage ich denn so Abwegiges? Warum sollte ich es nicht aussprechen? Bist du denn sicher, dass dein Vater niemals eine Affäre hatte? Ich wünschte mir, meiner hätte eine Liebelei mit seiner Sprechstundenhilfe. Sie ist sanft und fröhlich, unkompliziert. So hätte er sein kleines Abenteuer.«

»Du bist abscheulich, André.«

»Und du sagst mir nicht, was du wirklich denkst. Gib zu, dass deine Mutter meine nicht leiden kann.«

»Sie verurteilt sie nicht ...«

»Wie Pontius Pilatus! Und trotzdem wird sie uns nicht wieder zum Abendessen einladen. Zu uns ist sie auch nur gekommen, weil unsere Väter sich nach zwanzig Jahren zufällig wiederbegegnet sind und ein Treffen verabredet haben. Und nach eurem Besuch bei uns musste sie wohl oder übel die Einladung erwidern. Jetzt ist deine Mutter ihrer Pflicht nachgekommen, und man ist sich gegenseitig nichts mehr schuldig.«

»Du täuschst dich.«

»Worüber?«

»Über den Grund, weshalb Mama sich in der Gegenwart deiner Mutter nicht wohlfühlt. Sie hat mir gestanden, deine Mutter sei zu lebhaft und hektisch für sie. Sie redet immer so aufgeregt daher, und Mama ...«

»Denkst du, ich hätte es nicht kapiert?«

»Warum sprichst du in diesem Ton mit mir, André?«

Er senkte den Kopf, und für einen Moment wurden seine Fingerknöchel weiß, so sehr ballte er die Fäuste. Als er Francine wieder anblickte, hatte er sein sanftes, nachdenkliches Gesicht zurückgewonnen.

»Entschuldige. Ich hatte mir eigentlich vorgenommen, nie wieder mit dir darüber zu sprechen, nicht mal mehr daran zu denken. Ich bin nur auf mich selbst so wütend geworden.«

»Weil du trotz allem daran denken musst?«

»Weil ich nicht so bin, wie ich's gerne wäre.«

»Glaubst du, dann ginge es dir besser?«

Er lächelte trotz seines Kummers.

»Ich weiß nicht. Lassen wir's gut sein.«

»Bist du mir nicht mehr böse?«

»Ich bitte dich um Verzeihung. Ich habe ganz vergessen, dass ich dir einen Schokoladenshake versprochen hatte.«

»Mit zwei Kugeln.«

»Aber unbedingt.«

Er hatte immer noch einen Kloß im Hals, und seine Stimme klang heiser.

»Komm.«

Er fasste ihren Arm, um mit ihr kehrtzumachen, dann gingen sie zügig in Richtung Fährbahnhof und Square Mérimée.

»Bist du hungrig?«

»Nicht besonders.«

»Hier kriegt man die besten Croissants von Cannes. Ich weiß nicht, wie sie es anstellen, aber sie sind den ganzen Tag über frisch.«

»Einen Schokoladenshake, Monsieur André?«

»Zwei, Bernard. Jeweils mit zwei Kugeln.«

Sie beobachtete ihn, verwirrt darüber, dass seine Stimmung so schnell umschlug. Er erinnerte sie an ihren jüngeren Bruder, der manchmal schallend lachen konnte, nachdem er fünf Minuten zuvor noch heiße Tränen vergossen hatte.

»Woran denkst du?«

»Ich lerne dich zu verstehen. Ich entdecke dauernd etwas Neues.«

»Zum Beispiel?«

»Das kann ich nicht erklären. Ich werd's versuchen, wenn ich dich noch ein bisschen besser kenne.«

»Das heißt, wir sehen uns wieder? Trotz unserer Eltern, trotz unserer Mütter? Denk daran, dass du mich vorhin einen Freund genannt hast.«

»Ich meine es immer noch.«

Während er ihr das beschlagene Glas reichte, sagte er halb im Scherz, halb ernst:

»Mich stört nur, dass du jedes Mal, wenn du nach Hause kommst, gleich wieder alles erzählen musst.«

»Das ist nicht zwingend so.«

»Ich dachte, du verheimlichst deinen Eltern nichts?«

»Ich antworte ihnen, wenn sie mir Fragen stellen. Aber da sie mir fast nie welche stellen ...«

»Hättest du am Donnerstag gegen fünf Uhr Zeit?«

»Da komme ich aus der Schule, wie vorgestern.«

»Dann warte ich wieder draußen auf der Straße auf dich.« Nach einer Pause fügte er hinzu: »Ohne mein Moped ...«

Er wandte den Blick ab, diesmal nicht, weil ein Gewitter, sondern weil so offensichtlich Freude darin stand. Er hatte sich getraut. Sie hatten eine richtige Verabredung.

Das kam so unverhofft, dass er bis zum Bahnhof, wo sie auseinandergingen, kaum noch etwas zu ihr sagte, denn seine Worte hätten ihn verraten können. Außerdem war er zu glücklich, um noch irgendetwas herauszubringen.

Ihm war nach Lachen, Singen, Pirouettendrehen zumute.

»Dann bis Donnerstag!«

»Bis Donnerstag, André.«

Er sah ihr nach, und sie kam noch einmal zurück.

»Versprich mir, bis dahin so zu sein, wie du jetzt bist«, flüsterte sie ihm zu.

Er wurde rot, weil sie sich zu seinem Ohr gebeugt und er kurz geglaubt hatte, sie wolle ihn küssen.

»Versprochen.«

»Bis Donnerstag!«

»Bis Donnerstag!«

Auf dem Weg zum Square Mérimée, wo er sein Moped beim Brunnen abgestellt hatte, rempelte er geistesabwesend Passanten an, ohne sich zu entschuldigen, und plötzlich bekam er Lust, noch eine weitere Schokoladenmilch trinken zu gehen.

Er gab Bernard doppelt so viel Trinkgeld wie sonst.

5

Er hatte gerade die Toreinfahrt passiert und fuhr mit dem Moped um die Villa, als er seine Mutter im Garten sah, die sich auf einem der Stoffliegestühle im Bikini sonnte. Er wusste sofort, dass sie auf ihn gewartet hatte, und hoffte, ihr noch zu entwischen, indem er die Außentreppe hinaufeilte, als hätte er sie nicht gesehen.

»André!«

»Da bist ja du, Mama.«

Sie ließ sich nicht täuschen und blickte ihn ernst an, weder zärtlich noch feindselig.

»Bist du in Eile?«

»Na ja, du weißt schon, ich habe derzeit viel zu tun.«

»Du kannst noch heute Abend und den ganzen Sonntag lernen.« Ihre Stimme klang klar und entschieden. »Warst du noch so lange in der Schule?«

»Nein. Ich habe mich mit Francine getroffen.«

»Schon wieder?«

Man hörte heraus, dass sie für sämtliche Boisdieus die gleiche Abneigung empfand.

»Verabredet ihr euch neuerdings?«

»Sie hat mich gestern angerufen und erzählt, dass sie eine Freundin in Cannes besucht, und da haben wir die Gelegenheit genutzt.«

Seine Mutter war in den letzten zwei, drei Jahren sehr dünn geworden. Ihre Schulterknochen traten hervor, Arme und Beine waren äußerst mager und ihr Bikinioberteil unter der Polsterung fast leer.

Dass sie im Garten Sonnenbäder nahm, geschah auch erst seit ihrer Freundschaft mit Natacha, die selbst stundenlang splitternackt auf ihrer Dachterrasse lag.

»Hin und wieder könntest du mir doch mal einen kleinen Moment gönnen, oder nicht? Seit ein paar Tagen ist es fast so, als würdest du mir aus dem Weg gehen.«

»Ach was, Mama. Nur das Abitur …«

»Das Abitur hindert dich doch wohl nicht daran, mir in die Augen zu schauen. Komm, nimm dir einen Stuhl.«

Um sie herum standen ein paar Korbsessel, aber er setzte sich lieber ins Gras und legte die Hände um die Knie. Er ahnte, dass seine Mutter diesen Ort bewusst gewählt hatte.

In seiner Mansarde wurde er nicht gern gestört und zeigte sich meist kurz angebunden. Und hätte sie ihn in ihr Schlafzimmer oder ins Boudoir gerufen, hätte es ihrem Gespräch eine zu feierliche Note verliehen.

Es war ihm peinlich, dass sie fast nichts am Leibe trug, ihr Bauch nackt war. Der Liegestuhl war mit einem festen roten Leinenstoff bespannt, ihr Bikini war beerenrot, und selbst das Tuch, das sie um ihr unfrisiertes Haar geschlungen hatte, war dunkelrot mit einem gelben Muster. Ihr Gesicht glänzte vor Creme.

»Habt ihr über mich gesprochen, Francine und du?«

»Ich kann mich nicht erinnern. Nein, ich glaube nicht.«

Sie konnte immer erkennen, wenn er log.

»Noémie hat dir doch sicherlich erzählt, dass es mir heute Vormittag nicht gut ging?«

»Ja.«

»Und Vater hat dir erklärt, dass es am Alkohol lag?«

»Davon hat er mir nichts gesagt.«

»Das wundert mich. Er nutzt jede Gelegenheit, um mit dir allein zu sein. Du willst mir doch nicht sagen, ihr würdet da nie über mich sprechen?«

Die Unterhaltungen mit seiner Mutter waren so anstrengend, weil jedes Wort nicht nur seinen buchstäblichen Sinn, sondern auch noch unterschwellige Bedeutungen enthielt. Etwa so, als würde sie auf mehreren Ebenen sprechen, wobei sie fast unmerklich von einer zur anderen sprang, sodass es schwer war, ihr zu folgen.

»Es stimmt, dass ich ein paar Gläser getrunken habe, denn bei so einer Abendgesellschaft ist das unvermeidlich. Dabei habe ich viel weniger als die meisten Gäste getrunken. Leider vertrage ich keine starken Sachen mehr. Ich habe mich den ganzen Morgen übergeben. Und, ist das so schlimm?«

Sie forderte ihn heraus.

»Nein, Mama.«

»Schämst du dich für mich?«

»Warum sollte ich? Das geht mich nichts an.«

»Was denkst du, wie lange ist es her, dass du das letzte Mal ein offenes Gespräch mit mir geführt hast?«

»Ich bin immer aufrichtig zu dir.«

»Mach dir nichts vor, André. Früher bist du, wenn du Kummer oder ein Problem hattest, zu mir gekommen, um mir dein Herz auszuschütten. Jetzt sind es sicher schon zwei Jahre, in denen du dich mir nicht mehr anvertraust. Du kommst, du gehst, du erscheinst zum Essen, ungefähr so wie ein Pensionsgast, und hast nichts Eiligeres zu tun, als dich unters Dach zurückzuziehen. Und wenn es etwas zu bereden gibt, dann wendest du dich an deinen Vater.«

»Mama, ich versichere dir …«

»Warum verteidigst du dich? In deinem Alter ist das nur natürlich. Du wirst ein Mann, und deshalb fühlst du dich mit einem Mann wohler.«

Wie in dem Gespräch mit seinem Vater entstanden Schweigepausen, die aber weniger lang waren, weil seine Mutter geschickter darin war, von einem Thema zum nächsten überzuleiten. Im ersten Moment klang es immer wie eine Plauderei ohne jeden roten Faden, und wenn man hinterher darüber nachdachte, stellte man fest, dass die geäußerten Gedanken in einem klaren Zusammenhang standen.

Unwillig betrachtete er das unruhige Rot vor dem grünen Hintergrund des Gartens, diesen Körper, der seit dem Winter noch keine Bräune angenommen hatte, und bedauerte zugleich seine eigene abweisende Kälte.

Sie war seine Mutter. Er hätte sich gerne mit ihr verbunden gefühlt. Ob berechtigt oder nicht, sie war nun einmal in Sorge. Vielleicht litt sie wirklich unter der Situation, während er ihr noch grollte, dass sie ihm so eine Falle gestellt hatte.

»Du siehst mich nicht mehr so an wie früher, André.«

»Wie soll ich dich denn ansehen?«

»Also ehrlich, du weißt, wie ich es meine. Ich bin mir bewusst, dass ich nicht die Mutter bin, die sich ein junger Mann wünscht.«

Er antwortete nicht, wusste nicht mehr, wo er hinschauen sollte.

»Ich frage mich, ob das alles vielleicht mit Natacha begonnen hat. Dein Vater kann sie nicht leiden. Hier in Cannes hat man ihr schon alles Mögliche nachgesagt, weil sie keine Lust hat, sich zu verstellen. Gib zu, dass du jedes Mal verärgert bist, wenn ich mit ihr ausgehe.«

»Die Frage habe ich mir noch nicht gestellt. Ich kenne sie kaum.«

»Weißt du, liebster André, es gibt viele Dinge, die Kinder nicht wissen.«

So etwas Ähnliches hatte sie schon in ihrem Boudoir zu ihm gesagt und hinzugefügt: »... und die sie erst später verstehen, wenn sie selbst verheiratet sind und Kinder haben.«

Mit monotoner Stimme fuhr sie fort:

»Sie stellen sich vor, Erwachsene würden tun, was sie wollen ...«

»Ich stelle mir gar nichts vor.«

»Lass mich ausreden, ja? Wo ich doch endlich mal Gelegenheit habe, mit dir zu sprechen ...«

Ganz sicher hatte sie etwas getrunken, wenn auch

nicht viel, vermutlich ein bis zwei Gläser Whisky, um sich Mut zu machen. Ein flüchtiger Beobachter hätte sie für gelassen und beherrscht halten können.

»Dein Vater und du habt ein falsches Bild von Natacha. Anders, als es den Anschein hat – der ihr übrigens herzlich egal ist –, ist sie eine sehr sensible Frau, die Schweres durchmacht.«

Er versuchte vergeblich zu erraten, worauf seine Mutter hinauswollte, während er seinen Blick nicht von einem Insekt löste, das auf einem Grashalm saß.

»Wusstest du zum Beispiel, dass sie einen zwanzigjährigen Sohn hat, den sie seit drei Jahren nicht gesehen und von dem sie keine Nachricht hat? Er studiert in Oxford. Rechtmäßig stünde ihr zu, ihn einmal pro Woche zu sehen und jährlich einen Monat mit ihm zu verbringen. So steht es in der Scheidungsvereinbarung.«

Er runzelte die Stirn, voller Unbehagen über die Wendung, die das Gespräch nahm. Ihm schwante, dass sie nicht zufällig auf diesen jungen Engländer zu sprechen kam, von dem er noch nie etwas gehört hatte.

»Er stammt aus Natachas erster Ehe. Sein Vater ist wesentlich älter als sie und ein bekannter, einflussreicher Mann. Er hat zu den Bedingungen, die ich dir eben genannt habe, das Sorgerecht für das Kind erhalten, aber das hat ihn nicht daran gehindert, es in feindseliger Verachtung für seine Mutter großzuziehen. Solange der Junge noch klein war, ist es ihm nicht ganz gelungen, und James kam wiederholt für einen Monat nach Cannes. Aber jetzt, wo er ein junger Mann ist, verweigert er rundheraus den Kontakt mit ihr und hat ihr nie wieder geschrieben.«

»Warum nicht?«

»Zum einen, weil sie wieder geheiratet hat. Zum anderen, weil sie nach ihrer zweiten Scheidung beschlossen hat, ein freies Dasein zu führen und sich dabei nicht zu verstecken.«

Gehässig fügte sie hinzu:

»Dein Vater weiß das, aber ich bin mir sicher, er hat dir lieber nichts davon erzählt.«

»Wahrscheinlich, weil es mich nichts angeht.«

»Alles in unserem Umfeld hat einen Einfluss auf unser Leben. Die Krux ist, dass man uns fast immer die Wahrheit verheimlicht. Es ist einfacher, irgendwelche Geschichten zu erzählen, in denen man sich selbst in ein gutes Licht rückt.«

War es nicht genau das, was sie gerade versuchte?

Es war Viertel vor sieben. Sein Vater würde erst nach acht nach Hause kommen. Wollte sie ihn bis zu seiner Rückkehr hier festhalten? Am liebsten hätte er ihr freundlich, aber bestimmt gesagt:

»Hör zu, Mama, das alles hier ist unnötig und tut mir nur weh. Ich weiß schon viel mehr, als mir lieb ist. Ich muss mein eigenes Leben leben, muss lernen und weiterkommen. Vorhin habe ich eine Stunde am Hafen verbracht, die vielleicht Auswirkungen auf mein ganzes Leben haben wird. Verdirb mir das nicht. Zwing mich nicht, mich mit Problemen zu beschäftigen, die nicht meine sind und mich nur entmutigen.«

Natürlich sagte er nichts von alledem und blickte nur resigniert auf seine Knie. Er hoffte jetzt, Wolken würden vor die Sonne ziehen – denn das Wetter schlug um – und die kühlere Luft würde seine Mutter ins Haus treiben.

»Ich bin mir sicher, du glaubst wie alle anderen auch, dein Vater hätte meinetwegen sein Medizinstudium abgebrochen. Manchmal frage ich mich, ob er sich das nicht selbst einredet.«

Hatte sie vor, es Natachas erstem Mann gleichzutun, der seinen Sohn gezielt beeinflusste?

»Vater ist nie darauf zu sprechen gekommen.«

»Weißt du, was sein Großvater beruflich machte? Er war Tagelöhner in einem kleinen Dorf im Pas-de-Calais und verdingte sich, wie man damals sagte, auf den Bauernhöfen der Gegend. Jedes Jahr fand ein großer Markt statt, wo man sich die Knechte aussuchen konnte, wie man Vieh auswählt. Er konnte weder lesen noch schreiben.«

»Warum erzählst du mir das?«

»Damit du besser verstehst. Sein Sohn arbeitete sich dann durch eigenen Fleiß und mit Stipendien zum Anwalt hoch, aber er suchte sich eine Frau aus dem gleichen Milieu, eine Kellnerin, die aus Belgien stammte.«

Allmählich dämmerte ihm, worum es seiner Mutter ging.

»Weshalb, denkst du, fing dein Großvater an zu trinken? Als Rechtsreferendar hatte er einen glänzenden Start. Doch sobald er einmal auf sich allein gestellt war, fand er weder in sich noch in seinem Umfeld die nötige Kraft. Er hatte einen zu weiten Weg zurückgelegt, fühlte sich entwurzelt. Und in dieser desillusionierten Atmosphäre wuchs dein Vater auf.«

»Ich kann mir Großmutter gar nicht desillusioniert vorstellen.«

»Weil sie nie die geringsten Ambitionen hegte, wie ihre ganze Existenz beweist. Dein Vater hat versucht, da herauszukommen. Warum er sich für Medizin entschied, weiß ich selbst nicht genau, vielleicht weil der Arzt bei kleinen Leuten das beste Ansehen genießt, vor allem auf dem Land, wo der Herr Doktor eine Art Gottvater ist.«

Es wurde immer garstiger, erbärmlicher. Erkannte sie denn nicht ihrerseits, wenn im Blick ihres Sohnes ein Gewitter aufzog?

Er musste an sich halten, um nicht aufzustehen und wortlos ins Haus zu gehen. Seltsamerweise hatte er noch nie so viel Mitleid mit ihr empfunden.

Ohne dass sie sich dessen bewusst war, offenbarte sie ihm ihre ganze Schwäche. Dies vor ihm war keine Mutter mehr, das war eine Frau, die sich angegriffen fühlte und sich darum mit Zähnen und Klauen verteidigte.

Dabei griff sie wahllos zu jedem Mittel, das sich ihr bot, ohne zu bemerken, dass sie, indem sie ihren Mann herabzusetzen versuchte, sich selbst erniedrigte.

»Als wir uns auf der Universität kennenlernten, war ich jung, voller Zuversicht. Er war eher verschlossen und nicht sehr gesellig.«

Diesmal schwieg sie etwas länger, in ihre Erinnerungen vertieft, die heraufzubeschwören sie zögerte.

»Es ist nicht einfach zu erklären, was damals passierte. Ein Mann, ein Student, machte mir den Hof, und später habe ich erfahren, dass er mich wirklich liebte. Er war im Studium ein Jahr weiter als dein Vater.

Dieser Student war ein übermütiger junger Kerl, der vielseitig begabt war. Er spielte Klavier und Gitarre und komponierte amüsante Lieder, die in der medizinischen Fakultät die Runde machten.

Ich hätte ihn heiraten können. Ich muss gestehen, dass ich darüber nachdachte, denn ich empfand viel Zuneigung für ihn. Dein Vater wusste davon. Die beiden waren befreundet, und wir drei waren täglich zusammen. Langweile ich dich?«

Er traute sich nicht zu sagen, dass er diese Unterhaltung lieber beenden würde.

»Du hättest es sowieso eines Tages erfahren. Sein Name war Canival, und seine Familie besaß Weinberge in der Gegend von Bordeaux. Während dein Vater sich mit dem Studium schwertat, absolvierte er mit Leichtigkeit eine Prüfung nach der anderen.«

Sie zündete sich eine Zigarette an, mit dem goldenen Feuerzeug, das Natacha ihr geschenkt hatte.

»Der Rest ist für einen Mann schwer zu verstehen. Ich hatte deinen Vater gern. Er war ein guter Freund, und ich bedauerte, dass er so schüchtern war. Er tat mir auch ein wenig leid.

Ich weiß bis heute nicht, ob er wirklich verliebt in

mich war oder ob es ihm eher darum ging, Canival aus-zustechen.

Jedenfalls konnte er mir glaubhaft versichern, dass er mich brauchte und dass er es ohne mich nicht schaffen würde, einen für ihn schwierigen beruflichen Weg zu gehen.«

»Muss das sein, Mama?«

»Was?«

»Dass du mir das alles erzählst?«

»Es wird Zeit, dass du diese Dinge erfährst, André. Ich merke doch, wie du mich seit einiger Zeit ansiehst, und es ist mein gutes Recht, mich zu verteidigen.«

»Niemand greift dich an.«

»Meinst du? Natachas erster Mann behauptete auch, er würde sie nicht angreifen. Dennoch hat er seinen Willen durchgedrückt, und in London und sonst wo halten ihn immer noch alle für den perfekten Gentleman.«

»Vater hat aber doch nie …«

»Nun lass mich doch erst mal fertigreden. Ob es dir gefällt oder nicht, ich habe beschlossen, dir alles zu erzählen, selbst wenn ich mich damit bei dir unbeliebt mache. Denn ich hoffe, dass es dir die Augen öffnet.«

Noch nie hatte er sie so aggressiv und zugleich so kläglich erlebt. Ihre Verteidigung, wie sie es nannte, war unbeholfen, und er betrachtete sie mit einer Mischung aus Mitgefühl und Wut.

»Ich hatte also die Wahl zwischen zwei Männern, wie man so sagt. Offenbar haben alle Frauen etwas vom barmherzigen Samariter an sich, denn ich entschied mich schließlich für den Schwächeren, und zwar gerade wegen seiner Schwäche, indem ich mir blauäugigerweise vorstellte, ich könnte an seiner Seite eine wichtige Rolle einnehmen.«

Sie sah ihn mit ironischem Blick an.

»Heute ist dein Vater Zahnarzt. Und weißt du, was aus Canival geworden ist?«

Er wartete ergeben ab.

»Er hat die Medizinerkarriere ebenfalls aufgegeben, mit vierundzwanzig Jahren, doch aus anderen Gründen. Letzte Woche war er hier in Cannes. Diese Woche weilt er in Nizza und Monte Carlo. Er hat seinen Namen abgekürzt und nennt sich heute Jean Nival.«

Sein Gesicht war in riesiger Vergrößerung auf allen Plakatwänden zu sehen. Er war einer der größten Chanson-Stars, komponierte und schrieb seine Lieder selbst. Oben in der Mansarde hatte André mehrere Platten von ihm.

»Hast du dich mit ihm getroffen?«, fragte er in strengem Ton.

»Warum willst du das wissen?«

»Nur so. Spielt keine Rolle. Hast du ihn getroffen?«

Sie hatte Nizza und Monte Carlo erwähnt. Vor seinem inneren Auge tauchte der Sänger auf, wie er aus Madame Jeannes Wohnung huschte, während seine Mutter sich noch weiter anzog. Andrés Miene war finster, fast böse.

»Warum interessiert dich das denn?«

»Ich habe dir eine Frage gestellt.«

»Wie auch immer. Ich möchte nur, dass du weißt, wie mein Leben mit deinem Vater aussah. Nachdem wir geheiratet hatten, besaßen wir keinen blanken Heller und mussten bei seinen Eltern wohnen, wo mich seine Mutter von morgens bis abends spüren ließ, dass ich nicht willkommen war.

Als ich dann schwanger wurde, hat sie mich regelrecht schikaniert, und so sind wir in eine Zweizimmerwohnung am Quai de la Tournelle gezogen, wo es weder fließendes Wasser noch Gas gab und man aus den Fenstern auf eine Mauer blickte.

Dein Vater gab sein Medizinstudium nicht auf, um schneller zu Geld zu kommen, sondern weil er wusste, dass er das Examen nicht bestehen würde. Begreifst du nun allmählich, dass es Tatsachen gibt, die man kennen sollte?«

Warum fand er nicht den Mut, ihr ins Gesicht zu schreien: »Mama, ich bin sechzehneinhalb! Mein Leben fängt gerade erst an. Ich habe mich eben zum ersten Mal mit einem Mädchen verabredet. Warum hörst du nicht auf zu reden? Warum willst du das Leben unbedingt in den Schmutz ziehen?«

In seiner Niedergeschlagenheit hätte er am liebsten seine Ohren verschlossen, doch jedes ihrer Worte brannte sich in sein Gedächtnis, und er wusste, dass er es nicht mehr vergessen würde.

»Ich habe ihn in jeglicher Hinsicht unterstützt. Willst du den Beweis? Wenn wir zu Hause keinen Centime mehr hatten und nicht wussten, was essen, habe ich es auf mich genommen, meinen Vater um ein wenig Geld anzubetteln. Obwohl ich wusste, dass Vater sagen würde: ›Du hast es so gewollt, mein Kind.‹ Ich wusste aber auch, dass er am Ende einen Schein aus seiner Kassenschublade ziehen und ihn mir mit einem Schulterzucken reichen würde.

Als wir nach Cannes umzogen, weil ein alter Zahnarzt sich dort zur Ruhe setzte, warst du noch sehr klein, und ich musste mich um dich kümmern. Trotzdem fungierte ich zugleich auch als Putzfrau und Praxisgehilfin, indem ich mir jedes Mal, wenn ein Patient klingelte, schnell einen weißen Kittel überzog.

Nun ja, ich habe mich in all der Zeit nie beschwert. Ich war glücklich oder glaubte es zu sein. Ich war zu etwas nütze. Dein Vater hielt es für ganz natürlich, dass ich mich so aufopferte, er kam gar nicht auf den Gedanken, mich zu fragen, ob ich vielleicht erschöpft sei. Mein Leben hatte ein Ziel, einen Sinn.

Wer von uns beiden, glaubst du, kam auf die Idee, eine elegantere Praxis zu eröffnen und einen neuen Patientenstamm zu erschließen? Jeder wird dir sagen, ich sei es gewesen, aus Ehrgeiz, weil ich in einer Villa leben, ein Hausmädchen haben und vornehme Kleider tragen wollte.

Aber das stimmt nicht! Dein Vater brauchte es zu seiner Selbstvergewisserung, um sich zu beweisen, dass er seine Karriere nicht verpfuscht hatte.

Und in der Tat, ich bekam die Villa. Ich bekam Noémie. Ich gewann freie Zeit für mich und brauchte von da an nicht mehr ein oder gar zwei Jahre lang im selben Kleid herumzulaufen.

Nur haben dein Vater und ich uns außer zu den Mahlzeiten kaum noch gesehen.«

Sie war immer lebhafter geworden, und ihr Redefluss bekam etwas Gehetztes.

»Nicht ich – er war es, der seine Medizinerfreunde einlud. Er war es, der mich jeden Sonntag auf die Yacht der Pozzis mitschleppte, wo ich mit der grässlichen Madame Pozzi Konversation machen musste, während die beiden Männer vor den Inseln angelten. Er war es, der ...«

»Es reicht, Mama«, sagte André und stand abrupt auf.

»Glaubst du etwa, ich sage nicht die Wahrheit?«

»Ich glaube gar nichts. Es tut mir leid, aber ich kann mir nichts mehr davon anhören.«

»Du denkst wohl, dass ich deinem Vater die Schuld zuschiebe?«

»Ich denke gar nichts.«

»André, verstehst du nicht, dass es wichtig ist, dass du Bescheid weißt?«

Sie kam auf ihn zu, mager und mitleiderregend in ihrem Bikini, und legte ihm beide Hände auf die Schultern.

»Ich will meinen Sohn nicht auch verlieren! Bitte begreife doch, dass es das Einzige ist, was mir bleibt.«

Er gab sich geschlagen.

»Ja, Mama.«

»Verstehst du mich wirklich richtig? Verstehst du,

dass mir eine Lebensaufgabe fehlt und ich nur deshalb so an Natacha hänge, weil …«

Er versuchte sich von ihr zu lösen, während sie ihren Kopf in seine Brust grub.

»Fälle keine Urteile über mich, André. Warte ab, bis du alles weißt.«

Was sollte er darauf antworten? Er fühlte sich linkisch, zur Passivität verdammt und war nur lauwarmer Gefühle fähig. Und auch die würden verschwinden, sobald sie ihn einmal losgelassen hatte.

»Wein doch nicht, Mama.«

»Keine Sorge. Das sind gute Tränen, die mir Erleichterung bringen.«

Sie hatte ihre Arme um ihn geschlungen und drückte ihn noch fester an sich, als aus dem Wohnzimmerfenster Noémies Stimme drang.

»Madame, ein Anruf für Sie.«

Sie hatten beide das Klingeln nicht gehört, oder die Straßengeräusche vom Boulevard Carnot hatten es übertönt.

»Wer ist es?«

»Madame Natacha.«

Sie ließ ihn los und seufzte, bevor sie sich entfernte: »Da siehst du's …«

Er ging nicht hoch in die Mansarde, sondern nahm sein Moped und fuhr bis um halb neun in der Stadt umher. Als er nach Hause kam, saßen seine Eltern ernst und schweigsam bei Tisch.

Seine Mutter hatte sich ein Kleid angezogen, war

frisiert und geschminkt, und ihrem Gesicht war nichts mehr von dem, was sich im Garten zugetragen hatte, anzumerken.

»Du kommst spät heute«, bemerkte sein Vater zerstreut.

»Entschuldige bitte.«

Und während er sich hinsetzte, fragte er, wie er es immer tat:

»Was gibt es zu essen?«

Über Nacht hatte der Wind gedreht, und am Morgen ließ ein heftiger Mistral die Bäume im Garten schwanken und die Fensterläden klappern. Andrés Zimmer lag im Dunkeln, und er verspürte keine Lust, den Arm nach der Nachttischlampe auszustrecken. Ihm fehlte auch der Schwung, aufzustehen und diesen Sonntag anzugehen.

Er hatte am Abend zuvor nicht mehr für die Prüfungen gelernt. In seine Mansarde zurückgezogen, hatte er seine Autos wild über die Rennbahn rasen lassen und dabei immer wieder von vorne *Eine kleine Nachtmusik* gehört.

Ab und zu hatte er geglaubt, Schritte auf der Treppe zu hören, und sich schon mit Misstrauen zur Tür gewandt, bereit, sich sofort in sein Schneckenhaus zu verkriechen, aber niemand war hochgekommen.

Weder sein Vater noch seine Mutter waren ausgegangen. Er wusste nicht, was sie machten, und schaffte es, irgendwann zu später Stunde in sein Schlafzimmer zu huschen, ohne ihnen zu begegnen.

Auch heute würden sie nichts unternehmen. Wahrscheinlich war sein Vater schon nach unten gegangen, in Pyjama und Morgenrock, denn es war der einzige Tag in der Woche, an dem er noch eine Weile leger gekleidet blieb, manchmal so im Garten eine Runde drehte oder sich draußen hinsetzte.

Er streifte dann umher, als wüsste er nichts mit sich anzufangen, und betrachtete zuweilen das Fenster im ersten Stock, um zu sehen, ob seine Frau aufgestanden war. Und diese nahm sich, wenn sie sich schließlich aus dem Bett bequemt hatte, ihrerseits Zeit mit dem Anziehen.

Man hörte die Autogeräusche vom Boulevard Carnot: Leute aus Cannes, die in die Berge fuhren, oder Leute aus dem Hinterland, die herkamen, um einen Tag am Meer zu verbringen.

Zu Ersteren hatten vor Jahren auch sie gehört, als André noch keine acht Jahre alt war. Da hatten sie gerade ihr erstes Auto angeschafft und fuhren sonntags einfach irgendwohin, nur um des Fahrvergnügens willen, um dann in einem Gasthof oder an einem Gebirgsbach Rast zu machen.

Sein Vater hatte sich sogar eine Angelrute gekauft, und zwei Jahre lang hatten sie Forellenbäche aufgesucht, wo er allerdings nie etwas fing.

Von diesen Ausflügen kamen sie müde und meist schlecht gelaunt zurück, und als sie noch am Boulevard d'Alsace wohnten und kein Hausmädchen hatten, aßen sie stets Schinken, Salat, Käse und Obst zu Abend.

André erinnerte sich ungern daran. Er erinnerte sich an fast alle Sonntage ungern, als hätte das Leben an diesem Tag für ihn nichts Natürliches, als befände man sich gleichsam außerhalb der Zeit.

Er hatte vergessen, Francine zu fragen, was sie sonntags machte. Er dachte darüber nach, während er zusammengerollt in seinem Bett lag, nur mit einem zerknitterten Laken bedeckt, denn ihm war immer zu warm.

Er konnte sich die Boisdieus schlecht vorstellen, wie sie sich in den Strom der Autos reihten, der sich zäh durch die Straßen bewegte, und dann missmutig darauf warteten, dass in einem mehr oder weniger pittoresken Lokal ein Tisch frei wurde.

Ob sie alle zusammen ins Kino gingen, in die Matineevorstellung, wie es Andrés Familie an manchen Wintersonntagen gemacht hatte? Aber die beiden Jungen waren noch zu klein. Vermutlich blieben sie alle zu Hause.

Auch konnte er sich Dr. Boisdieu nicht im Morgenrock vorstellen. Vielleicht nutzte der Doktor ja die freie Zeit, um in seinem Arbeitszimmer mit der offen stehenden Flügeltür die Buchführung auf den neuesten Stand zu bringen oder Arztberichte zu verfassen.

Ob seine Tochter ihm dann so wie abends eine Platte vorspielte, während sie mit einem Buch in einem der Wohnzimmersessel saß und ihre Mutter das Essen und die Jungen beaufsichtigte?

Er fand es schade, dass er es nicht wusste. Dass er

nicht in Gedanken bei ihr sein konnte. Jedenfalls stellte er sich vor, dass es dort, am Boulevard Victor-Hugo, ganz anders war als bei ihnen.

Ob sie Freunde hatten, die nachmittags auf einen Schwatz vorbeikamen und dann zum Abendessen blieben?

Es war, als hätte man ihm seit einigen Tagen und besonders seit gestern jegliche Anhaltspunkte genommen.

Er misstraute vorgefassten Meinungen über Menschen und Dinge, bemühte sich immer, unabhängig und objektiv zu bleiben. Vater, Mutter, Familie, Großeltern und Freunde waren für ihn keine Bilderbuchfiguren. Über jeden von ihnen hatte er eine Meinung, die er für sich behielt und die er jederzeit zu ändern bereit war.

Zurzeit stand für ihn das große Ganze infrage, stellte sich fremd und verzerrt dar, so wie das Gesicht seiner Mutter in dem Schrankspiegel von Madame Jamet, der Schneiderin von Rocheville.

Er erinnerte sich an die Enttäuschung, die er damals verspürt hatte, eine diffuse Traurigkeit, ein Unbehagen. Er wusste, es war seine Mutter, und doch war sie es nicht ganz. Es gab da eine Verfälschung, die er nicht genau benennen konnte, und er fühlte sich schuldig, weil er sie mit anderen Augen betrachtete.

Momentan verspürte er das gleiche Unbehagen. Er hatte ihnen keine einzige Frage gestellt. Hatte nichts zu erfahren versucht. Sie waren es, die nacheinander zu ihm kamen und unbedingt vor ihm Beichte ablegen wollten.

Es hatte nicht erst letzten Donnerstag, sondern schon vor längerem begonnen, wie ihm jetzt bewusst wurde, nur dass sie vorher sehr behutsam vorgegangen waren.

Nicht immer begriff er sogleich, was sich hinter einer harmlosen Bemerkung verbarg.

»Ist deine Mutter ausgegangen?«

»Schon vor zwei Stunden.«

»Hat sie einen Anruf bekommen?«

Der Name Natacha schwebte unausgesprochen zwischen den Zeilen und erhielt dadurch nur noch mehr Gewicht. Waren es nicht diese bewussten Anspielungen, die ihre Präsenz nahezu greifbar machten?

»Ist dein Vater im Hochparterre?«

»Ich glaube schon, Mama.«

»Am Ende wird er dort noch seine Mahlzeiten einnehmen.«

Sie wollte um keinen Preis, dass André seinem Vater ähnelte.

»Warum knöpfst du bei deinem Hemd nicht den Kragen zu?«

»Weil er mir zu eng ist. Ich habe einen breiten Hals, wie Papa.«

»Was immer du auch denken magst, du bist ganz anders gebaut als er. Er geht mehr in die Breite, du in die Länge.«

»Trotzdem habe ich seinen Nacken und seine Schultern.«

»Es mag dich überraschen, aber in deinem Alter war er sehr dünn. Er hat nie Sport getrieben, hat sich sein

Leben lang, außer um den Behandlungsstuhl herum, kaum bewegt.«

»Aber seine Mutter ist auch ...«

»Möchtest du wirklich partout nach den Bars kommen?«

Über die Jahre hatte es verschiedenerlei Sonntage gegeben. Nach den Autoausflügen kam die Phase, in der sie auf der Yacht der Pozzis aufs Meer hinausfuhren, der ersten Freunde, die sie in Cannes gefunden hatten, auch wenn André nicht wusste, wie es dazu gekommen war.

Léonard Pozzi praktizierte als Kardiologe in dem Gebäude an der Croisette, wo sein Vater heute arbeitete. Vielleicht war es überhaupt Pozzi zu verdanken, dass er mit seiner Praxis dorthin gezogen war?

Zuerst waren sie bei ihnen zum Abendessen gewesen, in ihrer modernen Villa, die sie in La Napoule hatten errichten lassen. Zufällig war ihr Sohn Mathias ein Mitschüler von André auf dem Gymnasium.

»Hätten Sie vielleicht Lust, mit uns nächsten Sonntag einen Ausflug aufs Meer zu machen?«

Pozzi, jünger als Bar, war Stadtrat und Vorsitzender von verschiedenen Vereinen. Er besaß eine ungeheure Energie, hatte eine volltönende, fast immer fröhliche Stimme. Seine Yacht, ein zwölf Meter langer Einmaster, hieß *Alcyon*. Sie hatten auch eine Tochter, Evelyne, die so blond war wie ihr Bruder braunhaarig.

Warum fürchtete André diese Sonntage genauso wie alle übrigen, wo er doch das Meer und Schiffe so sehr liebte?

Man traf sich gegen zehn Uhr vormittags am Hafen, denn vorher besuchten die Pozzis zusammen die Messe. Ein alter Fischer agierte als Matrose, und Lucien Bar half mehr oder weniger ungeschickt bei den Manövern.

Die Kinder und die Frauen mussten im Cockpit sitzen bleiben, während die Segel gesetzt wurden und die Yacht den Hafen verließ.

Sie fuhren nur selten weiter als bis zur Île Sainte-Marguerite, wo sie vor Anker gingen und die beiden Männer anfingen zu fischen.

Madame Pozzi, vom gleichen fahlen Blond wie ihre Tochter, hatte eine weiße Haut und ein melancholisches Lächeln.

»Wollen wir beide das Mittagessen zubereiten, Josée?«

»Ich komme, Laure.«

Nach einigen Wochen gingen sie zum Du über, auch die Männer. André mochte die Pozzis nicht, ohne dass er einen Grund dafür hätte nennen können, und genauso wenig Mathias, dem er in der Schule aus dem Weg ging. Aber Mathias versuchte sich in jeder Pause an ihn zu hängen.

Bevor sich die Familien in der stickigen Kajüte zu Tisch setzten, badeten sie gewöhnlich im Meer und kletterten dann über eine Teakholzleiter, die an der Reling hing, wieder an Bord.

Irgendwann fielen fast immer die Worte:

»Wie wäre es mit einer kleinen Partie Bridge?«

»Dürfen wir das Beiboot nehmen, Papa?«

»Wenn ihr damit in der Nähe bleibt.«

Sie wechselten sich an den Rudern ab. Evelyne, die jünger war als ihr Bruder, schmollte beim geringsten Anlass oder jammerte, dass sie zurückwollte. Motorboote flitzten an ihnen vorüber, in deren Kielwellen ihr Boot wie ein Korken schaukelte.

»Hast du die Matheaufgabe verstanden?«

»Ja. Die ist leicht.«

»Mein Vater hat sie für mich gelöst. Er hat über eine halbe Stunde dafür gebraucht. Ist ein prima Kerl.«

»Wer?«

»Mein Vater. Er ist mit dem Rektor befreundet. Sie sind in Toulon zusammen zur Schule gegangen. Erzähl's aber nicht den anderen.«

»Warum nicht?«

»Weil sie sonst denken, ich würde bevorzugt.«

Einmal waren sie entlang der rötlichen Felsküste von Esterel bis nach Saint-Tropez gesegelt. An zwei anderen Sonntagen hatten sie im Hafen von Villefranche angelegt, neben amerikanischen Kriegsschiffen, und waren zum Abendessen in einem Restaurant eingekehrt.

Seine Mutter sprühte vor guter Laune und redete von allen am meisten. Léonard Pozzi und sie spielten sich gewissermaßen die Bälle zu, und manchmal lachten sie, ohne dass die anderen wussten, wieso.

Er dachte jetzt darüber nach, was seine Mutter ihm gestern über die Pozzis erzählt hatte, und fand darin eine mögliche Erklärung, warum er sich mit ihnen nie wohlgefühlt hatte.

Im Winter traf man sich mal bei den einen, mal bei

den anderen zum Bridge, und André war empört, dass die Kinder keine Wahl hatten und ihre Sonntage zusammen verbringen mussten, nur weil ihre Eltern befreundet waren.

»Kann ich eine von deinen Platten auflegen?«, fragte Mathias.

»Nein.«

»Hast du Angst, dass ich sie kaputt mache?«

»Das sind meine Sachen, und nur ich darf sie anrühren.«

So war es. Er hätte es auch nicht gemocht, wenn sein Vater oder sonst wer seine Platten auflegte. Er verlieh auch seine Bücher nicht. Er gab all sein Geld – das von Weihnachten, seinem Geburtstag und das wöchentliche Taschengeld – für Schallplatten und Bücher aus, über deren Auswahl er sich tagelang Gedanken machte.

Trotz seiner augenscheinlichen Unordnung war er sehr penibel, fast pedantisch, und seine Bücher wiesen niemals ein Eselsohr, einen fleckigen oder eingerissenen Umschlag auf. Und bevor er eine Schallplatte abspielte, staubte er sie mit einer feinen Bürste ab.

Es kam ein weiterer Sommer und wieder ein Winter, jener Winter, in dem sie am häufigsten Freunde in der Villa empfingen; es war die Zeit, in der ihre Gäste bis spät blieben und im Wohnzimmer tanzten.

War es nicht auch derselbe Winter gewesen, in dem sich die Reihen der Freunde zu lichten begannen? Sie erschienen immer weniger zahlreich, soviel seine Mutter auch herumtelefonierte.

Die Pozzis tauchten stets als Erste auf und gingen als Letzte. André wurde ins Bett geschickt und schlief trotz des Lärms irgendwann ein, auch wenn er immer wieder einmal hochschreckte.

Eines Nachts hatte sich die Tür zu seinem Zimmer geöffnet. Jäh aus dem Schlaf gerissen, setzte er sich schreiend im Bett auf.

»Wer ist da?«

Und eine Frauenstimme, die er nicht erkannte, murmelte verwirrt:

»Oh! Ich bitte um Verzeihung. Ich habe mich in der Tür geirrt.«

Hatte sie sein Zimmer für das Bad gehalten? Dabei gab es im Erdgeschoss eine Gästetoilette.

An einem Sonntag kurz vor Weihnachten hatte er verwundert gefragt:

»Kommen die Pozzis nicht?«

»Madame Pozzi ist in Paris.«

Am folgenden Sonntag gingen sie nicht zu ihnen, und in der Schule wich Mathias ihm aus, sprach ihn nicht an und grüßte nicht einmal.

Er hatte sich nicht die Mühe gemacht, es zu durchschauen. Es lag außerhalb seiner persönlichen Sphäre. Und er freute sich, seine Sonntage von nun an für sich zu haben.

Dann war Mathias nicht mehr im Gymnasium erschienen. Nach ein paar Tagen erkundigte sich André bei seinem Mitschüler François, Sohn des Metzgers von der Place Gambetta:

»Ist er krank?«

»Nein. Er wohnt jetzt mit seiner Mutter und seiner Schwester in Paris.«

»Und sein Vater?«

»Wusstest du nicht, dass seine Mutter die Scheidung verlangt hat?«

Er erinnerte sich nicht mehr, in welchem Jahr das genau gewesen war, denn er war in dieser ganzen Zeit völlig arglos gewesen.

Er begann sein eigenes Leben zu führen, das sich möglichst von dem der Eltern unterscheiden sollte. Er erinnerte sich an erregte Stimmen, vor allem die Stimme seiner Mutter, die aus dem Elternschlafzimmer zu ihm drangen, doch damals hatte er nicht darauf geachtet, denn er hielt es für etwas Normales, dass seine Eltern stritten.

Jetzt sah er das Gesicht von Pozzi wieder vor sich, der ihm von Zeit zu Zeit auf der Croisette begegnete, mit seinem kleinen Schnurrbart, der schwarz war wie Tusche, und den sehr roten Lippen.

Das war etwas, was ihm von Anfang an aufgefallen war, und er hatte sich sogar gefragt, ob er sich schminkte. Was ihm am meisten missfiel, war diese aufgekratzte Arroganz in seinem Blick.

Auch das riesenhafte Gesicht des Chansonniers Jean Nival stand ihm jetzt vor Augen, das überall in der Stadt plakatiert war. Nival hatte auch so einen Schnurrbart, das gleiche tiefdunkle Haar und die gleiche Fröhlichkeit in den Augen.

Schließlich sah er wieder seine Mutter vor sich, wie sie selbstbewusst das gelbe Haus in der Rue Voltaire verließ, um ein Stück weiter in ihren Wagen zu steigen.

Er war sicher, dass sie beim flüchtigen Blick in den Rückspiegel die Augenbrauen hochgezogen hatte. Sie hatte ihn gesehen. Vielleicht hatte sie auch Francine erkannt.

Was sie nicht wusste und was sie sich seither fragte, war, ob auch er sie bemerkt hatte.

War dies der Grund, warum sie versuchte, ihn aus der Reserve zu locken, und gleichzeitig den Boden für ihre Verteidigung bereitete?

Sie verteidigte sich durch Angriff. Sie richtete ihren Angriff – auf ungeschickte Weise – gegen seinen Vater, zog sogar seine bäuerliche Herkunft als Argument heran.

Irgendwie war es ihr gelungen, André zu verunsichern. Würde er seinen Vater noch mit denselben Augen sehen können wie vor zwei Tagen?

Sie hatte sein Bild deformiert, und selbst wenn von dem, was sie erzählt hatte, einiges wahr sein mochte, waren auch diese Wahrheiten deformiert.

Sie befanden sich zu dritt im Haus – zu viert mit Noémie, die kaum aus ihrer Küche herauskam –, mit der Aussicht auf einen langen Tag, und jeder würde versuchen, den anderen aus dem Weg zu gehen und sich in seinen Winkel zurückzuziehen.

Der Hunger trieb ihn aus dem Bett. Er ging zum Fenster und öffnete die Läden. Entdeckte den blauen

Himmel, die schon hoch stehende Sonne und die im Mistral schwankenden Zweige.

Sein Vater wanderte im violetten Morgenrock über den Hauptweg im Garten, als wollte er sich Bewegung verschaffen. Als André auf seinem Balkon auftauchte, rief er ihm zu:

»Gut geschlafen?«

»Sehr gut.«

»Weißt du, ob deine Mutter schon auf ist?«

»Ich bin noch nicht aus meinem Zimmer rausgekommen.«

»Hast du gestern Abend noch lange gelernt?«

»Nicht so sehr.«

Sein Zimmer lag an der Südostecke des Hauses, wodurch es von beiden Seiten Licht bekam, und sein Balkon, der auf den Garten hinausging, bildete das Gegenstück zu dem seiner Eltern in der Südwestecke.

Zwischen den beiden Räumen lagen das Boudoir und ein Gästezimmer. Die Badezimmer befanden sich auf der Nordseite, ebenso das zweite Gästezimmer, das nie benutzt wurde und irgendwann von Noémie belegt worden war, die vorher in einem kleinen Raum neben der Waschküche gewohnt hatte.

Mit verstrubbeltem Haar ging er nach unten und öffnete den Kühlschrank. Nachdem er sich ein Glas Milch eingegossen hatte, fragte er:

»Gibt es keinen Schinken mehr?«

»Doch, aber den brauche ich für das Omelette heute Abend.«

»Kann ich nicht eine Scheibe haben, Noémie?«

»Soll ich Ihnen nicht lieber ein paar Spiegeleier braten?«

»Für Eier ist es schon zu spät.«

»Na gut, aber nur eine Scheibe.«

Er aß sie mit den Fingern, ohne Brot.

»Was gibt es zu Mittag?«

»Langustensalat.«

Über ihm waren Schritte zu hören. Seine Mutter war aufgestanden. Er hatte keine Lust, ihr zu begegnen, und schlich auf leisen Sohlen in sein Zimmer zurück.

Hier gab es ebenfalls einen Plattenspieler und Schallplatten, aber er stieg hoch ins Dachgeschoss, um den Mozart zu holen, den er am Abend zuvor so oft gehört hatte.

Sein Bad lag dem Schlafzimmer gegenüber, auf der anderen Seite des Flurs. Er ließ beide Türen offen stehen, und wenige Minuten später lag er in der Badewanne, sein langer Körper entspannt und reglos, ebenso sein Gesicht, das weder Kummer noch Freude ausdrückte.

So begann ein neuer Sonntag.

Zweiter Teil

1

Es regnete. Kein kurzer Platzregen oder vereinzelte stürmische Schauer, sondern ein wahrhaft tropischer Regen, wie er an der Côte d'Azur zwei- bis dreimal im Jahr vorkommt und in den Städten die Rinnsteine verstopft, die Keller überflutet und manche Straßen in reißende Wildbäche verwandelt.

Sein Moped hatte sich in der Ebene von Biot mühsam einen Weg durch fast zwanzig Zentimeter hohes Wasser gebahnt, während die Autos, die schmutzig gelb triefende Bärte trugen, im Schritttempo fuhren.

Wie ein durchnässter Vogel auf dem Telegrafendraht wartete er jetzt reglos ab, in seinem schwarzen Regenmantel und den Gummistiefeln, aber barhäuptig, denn er nahm nie eine Kopfbedeckung mit, und seine dunklen Haare klebten ihm an der tropfenden Stirn.

Als sie aus dem Gebäude kam, zusammen mit anderen jungen Leuten, musste Francine unwillkürlich lachen.

»Du bist ja patschnass, du Armer! Warum hast du dich denn nicht untergestellt?«

Sie trug einen durchsichtigen Regenmantel über Rock und Bluse und auf dem Kopf eine Kapuze aus dem gleichen Material.

Sie wunderte sich erst und war dann beunruhigt, als er auf ihre Fröhlichkeit nicht ebenso reagierte.

»Was ist los? Bist du böse?«

»Nein.«

»Wartest du schon lange?«

»Seit ein paar Minuten.«

»Bist du mit dem Moped gekommen?«

»Ja. Ich habe es in einer Garage abgestellt.«

In seinem Blick lag nicht die geringste Freude.

»Sollen wir wieder in die kleine Bar gehen?«

»Nein. Ich muss mit dir reden. Das geht besser in einem Café, wo man uns nicht zuhört.«

Er führte sie in Richtung Place Masséna, wählte einen Tisch auf einer Terrasse, über der eine riesige Wasserpfütze die orangefarbene Markise ausbeulte.

»Du willst draußen sitzen?«

»Es ist ja nicht kalt.«

»Aber du bist völlig nass.«

»Das macht mir nichts aus.«

Sie waren nicht die Einzigen auf der Terrasse. An einem Nachbartisch saß ein blondes, skandinavisches Pärchen, das sich ganz offenkundig auf Hochzeitsreise befand, denn alles, was sie anhatten, von den Schuhen bis zum Hut, war neu.

Die anderen Gäste, überwiegend ältere Männer und Frauen, kamen aus einem Reisebus mit belgischem Kennzeichen. Sie hatten ihren Ruhestand abgewartet, um die Côte d'Azur zu besuchen, und in ein oder zwei Stunden würde man sie wieder in den Bus verfrachten, um sie nach Monte Carlo zu fahren, wo der Regen genauso heftig und hartnäckig sein würde.

»Was trinkst du?«

»Und du?«

»Einen Saft.«

»Keinen Milchshake?«

»Das kennen die hier nicht.«

Ein gehetzter Kellner bediente sie, ohne sie anzuschauen, wischte unterwegs die Tische mit einem nassen Handtuch ab.

»Ist irgendetwas, André? Du bist anders als sonst.«

Sie sprach schon von »sonst«, dabei sahen sie sich erst zum fünften Mal, wenn man die beiden Familientreffen mitrechnete.

»Antworte mir ehrlich«, sagte er schließlich mit einer kühlen Stimme, »hat dein Vater meinen angerufen?«

»Ich weiß es nicht. Warum sollte er ihn anrufen?«

Ihre Gedanken waren weit voneinander entfernt. Sie verstand ihn nicht.

»Du weißt sehr wohl, was ich meine.«

»Ach so? Du meinst ... Natürlich hat mein Vater ihm nichts davon erzählt, und er hat es auch ganz gewiss nicht vor.«

»Da bin ich mir nicht so sicher.«

»Wie kommst du darauf?«

»Mein Vater weiß es.«

»Weiß was?«

»Dass ich Bescheid weiß, was meine Mutter betrifft.«

»Und du glaubst, meine Eltern hätten ...«

»Warum nicht?«

»So wenig vertraust du ihnen?«

»Ich vertraue gar keinem mehr, weder deinen Eltern noch meinen.«

»Auch nicht mir?«

»Ich bin mir nicht sicher.«

Es war die Wahrheit. Er betrachtete sie und versuchte sich vorzustellen, wie sie wohl mit vierzig Jahren sein würde. Welcher der beiden Mütter würde sie ähnlicher sein? Und warum nicht Natacha?

Er wirkte matt, sein Blick war müde und hart zugleich.

»Ich kann es mir einfach nicht vorstellen, dass mein Vater den Hörer abhebt, um deinem zu erzählen, dass wir deine Mutter aus einem Haus in der Rue Voltaire haben kommen sehen.«

Francines Augen waren feucht geworden, und sie rupfte die Pappe eines Bieruntersetzers in kleine Stücke.

»Ich erkenne dich nicht wieder, André.«

»Bitte entschuldige.«

»Was ist denn genau passiert?«

»Ich weiß es selbst nicht. Seit einer Woche ist es, als hätten sie sich abgesprochen, mich keine Minute mehr in Frieden zu lassen. Allmählich zweifle ich schon daran, ob ich überhaupt zu meinen Prüfungen antreten soll.«

»Was sagen sie denn?«

»Schwer zu erklären. Manchmal sind es nur so Andeutungen. Kleine Bemerkungen, die scheinbar harmlos sind. Dann wieder sind es richtige Anschuldigungen, mal gegen sich selbst, mal gegen den anderen. Am Samstag hat meine Mutter mich im Garten abgefangen. Sie hat mich gezwungen, ihr zuzuhören, und ein wenig schmeichelhaftes Bild von meinem Vater gezeichnet.«

»Hatte sie getrunken?«

»Woher weißt du davon?«

Sie druckste herum.

»Ich sehe, ihr eilt bereits ein Ruf voraus. Nein, an dem Tag hatte sie nicht getrunken.«

»Was wirft sie deinem Vater vor?«

»Sie stellt es so an, dass ich mich selbst nicht mehr auskenne. Alles und nichts.«

»Dass er sie betrogen hätte?«

»Nein. Davon hat sie nichts gesagt. Warum? Hat er?«

»Das weiß ich doch nicht, André.«

»Hast du Gerüchte darüber gehört?«

»Nein, ich schwöre es dir. Ich versuche ebenfalls nur zu verstehen.«

»Ich habe noch nie einen so trostlosen Sonntag erlebt. Beim Mittagessen haben sie keine zwei Sätze zustande gebracht und wenn, dann nur an mich oder an Noémie gerichtet. Ich habe gespürt, dass sie mich beide beobachteten. Dass sie mich ein bisschen so wie einen Richter ansahen, dessen Urteil sie zu erraten versuchten.«

»Glaubst du nicht, dass du dir das einbildest?«

»Man merkt, dass du nicht bei uns lebst. Meine Mutter ist als Erste vom Tisch aufgestanden und hat uns, bevor sie nach oben ging, noch einen Blick zugeworfen, als wollte sie sagen: ›Na, von mir aus, erzählt euch doch, was ihr wollt!‹

Sie glaubt, mein Vater hätte mich ins Vertrauen gezogen und würde es auch weiterhin tun. Sie denkt, er würde sich über sie auslassen, so wie sie es über ihn tut.«

»Und hat dein Vater etwas erzählt?«

»Ich glaube, er hätte es gerne getan. Wir haben zu zweit dagesessen, ohne uns anzusehen, und die Apfelschalen auf unseren Tellern angestarrt. Gegen seine Gewohnheit hat er sich eine seiner langen, schlanken Zigarren angezündet, die er sonst nur in seinem Labor im Hochparterre raucht. Mir ist, als hätte ich immer noch den Geruch in der Nase.

›Sei nicht zu streng mit deiner Mutter, André, was immer man dir erzählen mag, was immer du aufschnappst.‹

Dann schienen ihn seine eigenen Worte verlegen zu machen. Er hat angefangen zu husten, als hätte er sich am Rauch verschluckt, und ist aus dem Zimmer gegangen.

Ich habe versucht, mich aufs Lernen zu konzentrieren, was mir mehr schlecht als recht gelungen ist. Im Haus war es ganz still. Noémie war fort, um ihre Tochter zu besuchen, die verheiratet ist und in Mouans-Sartoux lebt. Nur wir drei waren noch im Haus. Mein Vater wahrscheinlich in seinem Labor.«

»Bist du mit dem Lernen vorangekommen?«

»Ich war nicht richtig bei der Sache. Ich hatte ein mulmiges Gefühl. Mir schien, als könnte jeden Moment etwas Schlimmes passieren. Draußen pfiff der Mistral, und meine Nerven lagen blank.«

Er beobachtete sie verstohlen, wie um sicherzugehen, dass er ihr vertrauen konnte, dass er kein Narr war, ihr dies alles zu erzählen.

Er wusste inzwischen, dass Worte Auswirkungen haben konnten, dass sie irgendwann in verzerrter, vergifteter Form aus der Vergangenheit auftauchen konnten, und er fragte sich, warum Francine anders sein sollte als die anderen.

»Gegen vier Uhr wollte ich eine Kleinigkeit essen und bin hinunter in die Küche gegangen. Als ich am Zimmer meiner Eltern vorbeikam, habe ich ein gleichmäßiges Murmeln gehört, das nicht nach einer Unterhaltung klang, sondern nach einem endlosen monotonen Vortrag. Das war mein Vater, der da sprach, leise, aber bestimmt und ohne sich unterbrechen zu lassen.«

»Und wie wirkte er später?«

»Ich habe ein Glas Milch getrunken und dann noch eins. Um fünf war ich schon länger wieder oben, als ich das Auto über die Einfahrt und durchs Tor hinausfahren hörte. Von meiner Mansarde aus konnte ich nichts sehen. Kurz habe ich noch überlegt, ob sie vielleicht zusammen weggefahren sind.«

Francine war ratlos. Sie wusste nicht, wie sie ihn aufmuntern sollte.

»Was glaubst du, warum sich etwas verändert hat?«

»Zwischen meinem Vater und meiner Mutter?«

»Ja.«

»Vielleicht meinetwegen. Nach der Entdeckung, die wir letzten Donnerstag gemacht haben, habe ich es nicht geschafft, mich natürlich zu verhalten. Deshalb haben sie beide geahnt, dass ich Bescheid weiß. Und jetzt ist es, als versuchte jeder von ihnen, mich auf seine Seite zu ziehen.«

»Auch dein Vater?«

»Nicht auf dieselbe Weise wie Mama. Er geht subtiler vor. Als er am Sonntag das Gespräch mit mir gesucht hat, war es fast widerstrebend, als fühlte er sich dazu gezwungen.

Jeden zweiten Sonntag bleibt Noémie zum Abendessen weg, und dann nehmen wir uns selbst den kalten Braten und den Kartoffelsalat, die im Kühlschrank bereitstehen. Als ich um Viertel nach acht hinuntergehen und den Tisch decken wollte, hatte mein Vater es bereits gemacht.

›Möglicherweise essen wir heute Abend zu zweit, mein Junge.‹

›Wo ist Mama?‹

›Sie ist weggegangen, ohne zu sagen, wohin.‹«

André hatte nicht gewagt, weiter nachzufragen. Hatten seine Eltern sich gestritten? Hatten sie so etwas wie eine endgültige Aussprache gehabt? War seine Mutter unter wütenden Drohungen aufgebrochen?

»Hast du Hunger?«

»Nicht sehr.«

»Ich auch nicht. Ich denke, wir sollten trotzdem schon mal anfangen zu essen.«

Beide brachten nur mit Mühe etwas hinunter.

»Konntest du ein bisschen arbeiten?«

»Ich hab mich bemüht.«

»Noémies Tochter erwartet anscheinend wieder ein Kind.«

Selbst dieser Satz hatte, wenn man es genau bedachte, etwas mit ihren innersten Gedanken zu tun, und sei es noch so vage. Noémies Tochter, die einen italienischen Maurer geheiratet hatte, war den größten Teil ihrer Zeit schwanger. Sie hatte kaum ein Kind abgestillt, da erwartete sie schon das nächste, und nie war sie vergnügter, als wenn sie stolz ihren dicken Bauch vor sich herschob.

»Es ist seltsam, dass es dich nicht nach Freunden verlangt.«

Was sollte er darauf antworten? Ihm war eben nicht danach.

»Bist du ein glücklicher Junge, André?«

Er hatte geantwortet:

»So wie jeder, schätze ich.«

»Was meinst du damit?«

»Es gibt gute und weniger gute Tage. Kommt darauf an.«

»Worauf?«

»Auf einen selbst und auf die anderen. Vor allem auf einen selbst.«

Er blickte in den strömenden Regen, wo dunkle Gestalten eilig aus Autos stiegen und die Türen zuwarfen.

»Dann haben wir den Tisch abgeräumt und das Geschirr in die Spüle gestellt.

›Gehst du hoch?‹

›Ich werfe noch mal einen Blick auf die Geschichte des 19. Jahrhunderts, denn damit riskiere ich, auf die Nase zu fallen.‹«

Um zehn Uhr war seine Mutter noch nicht zurück gewesen. Um elf machte er sich allmählich Sorgen, ohne besonderen Grund, denn manchmal kam sie noch viel später nach Hause, zumal wenn sie mit Natacha unterwegs war.

Unten fand er zu seiner Überraschung seinen Vater im Wohnzimmer vor. Er telefonierte.

»Ich danke Ihnen, Natacha. Nein, ich habe nicht die geringste Idee. Gegen fünf Uhr, ja.«

Er legte auf, und ihre Blicke begegneten sich. Sein Vater bemühte sich jetzt nicht mehr, seine Unruhe zu verbergen.

»Ist Mama nicht bei ihr?«

»Nein.«

»Wollte sie nicht zu ihr fahren?«

»Sie hat sie nicht einmal angerufen.«

»Und du hast keine Ahnung, wo sie sonst sein könnte?«

»Nein.«

Er hatte sich gefragt, was wohl der Inhalt jener langen Rede gewesen war, die sein Vater im Elternschlafzimmer mit so gleichgültiger, neutraler Stimme gehalten hatte. Aber er hatte sich nicht getraut, ihn danach zu fragen.

Dafür fragte Francine ihn jetzt:

»Was habt ihr beiden dann gemacht?«

»Wir haben abgewartet. Mein Vater hat geraucht, zu lesen versucht, ist zwischendurch abrupt aufgestanden, um durchs Wohnzimmer zu wandern, und manchmal hat er mich angesehen und ist rot angelaufen. Ich habe in einer Zeitschrift geblättert, ohne mich dafür zu interessieren, und bin nur deshalb unten geblieben, um Vater nicht allein zu lassen. Ich hatte den Eindruck ...«

Er verstummte, starrte, ohne es zu sehen, auf das skandinavische Paar, das schweigend und händchenhaltend den Verkehr auf der Place Masséna beobachtete, wo ein Polizist mit Helm und weißen Armstulpen ab und zu in die Trillerpfeife blies und manchmal wütend gestikulierend auf ein falsch fahrendes Auto zueilte.

»Was für einen Eindruck hattest du?«

»Dass er ein schlechtes Gewissen hatte und bereute, was am Nachmittag vorgefallen war.«

»Aber er hat dir immer noch nichts Genaues erzählt?«

»Das kam später. Zunächst hat er versucht, mich ins Bett zu schicken, als es auf Mitternacht zuging.

›Geh schlafen, Junge. Ich bin sicher, es gibt keinen Grund zur Beunruhigung. Deine Mutter hat ja noch andere Freundinnen und Freunde als Natacha. Wir machen uns hier ganz umsonst Sorgen.‹

Ich habe trotzdem weiter mit ihm gewartet. Und da hat er mich plötzlich gefragt:

›Hat sie zufällig etwas zu dir gesagt? Womöglich versucht, ihr Verhalten zu erklären?‹

›Nein.‹

›Gestern habt ihr anscheinend lange zusammen im Garten gesessen.‹

›Es ging vor allem um die Zeit eures Kennenlernens, eure Heirat, die Wohnung am Quai de la Tournelle.‹

›Hat sie Namen genannt?‹

›Sie hat von euren Freunden gesprochen.‹

›Wir hatten damals nur einen. Hör zu, André. Es tut mir leid, dass ich diese Geschichten ausgerechnet jetzt aufrühre, wo dich eigentlich keine Sorgen ablenken sollten. Ich weiß nicht, was passiert ist. Aber mir ist auch aufgefallen, dass du seit einigen Tagen verändert bist. Ich verlange nicht von dir, dass du mir dein Herz ausschüttest. Ich weiß besser als jeder andere, wie schmerzhaft dieses Thema ist. Deine Mutter ist überzeugt davon, dass du etwas weißt, und hat sich in den Kopf gesetzt, dass ich dir alles erzählt hätte.‹«

»Aber«, unterbrach ihn Francine, »wie bist du dann vorhin auf einen Anruf von meinem Vater gekommen?«

»Moment, ich bin noch nicht fertig! Am Samstag hatte meine Mutter, wie sie das gerne tut, etwas Unwahres behauptet, um die Wahrheit herauszufinden. Es ging dabei um deine Eltern. Angeblich sagte sie zu meinem Vater unter anderem: ›Das ist wie bei diesen Boisdieus, die sich in Dinge mischen, die sie nichts angehen ...‹«

»Warum sollten meine Eltern ... ?«

»Verstehst du nicht, Francine?«

»Und du? Durchschaust du das?«

»Ich versuche es. Ich kenne meine Mutter besser als

du, vor allem seit ein paar Tagen. Mein Vater hat recht damit, dass sie unglücklich ist. Ich bin mir sogar sicher, dass sie die ganze Zeit unglücklich war.«

»Weshalb?«

»Weil sie nicht die ist, die sie gerne wäre. Wenn deine Mutter Krebs hätte und sich den ganzen Tag darüber beklagen würde, würdest du es ihr übel nehmen?«

»Natürlich nicht.«

»Und warum sollte die Sache hier anders liegen? Sie hat sich ihr Naturell, ihren Charakter, ihre Mentalität nicht selbst ausgesucht.«

»Hat das dein Vater zu dir gesagt?«

»So ungefähr.«

»Ist er ihr nicht gram?«

»Im Gegenteil, er macht sich Vorwürfe, dass er nicht in der Lage war, sie glücklich zu machen.

›Weißt du, Junge‹, hat er leise gesagt, ›wenn man Verantwortung trägt für das Leben eines anderen …‹ Und er ist wieder ganz rot geworden.«

Sie schwiegen und sahen den Belgiern nach, die hinter ihrem Reiseleiter her zu dem Bus trotteten, der am Rand der Terrasse parkte.

»Wann ist deine Mutter zurückgekommen?«

»Gegen zwei Uhr nachts. Wir hörten ein Scheppern draußen vor der Einfahrt, und unser erster Impuls war hinauszurennen, denn es klang, als wäre das Auto gegen die Mauer neben dem Tor geprallt. Mein Vater hat sich als Erster wieder gefasst und mich zurückgehalten. Er lauschte. Der Motor lief weiter. Der Wagen setzte jäh zurück und fuhr dann wieder vorwärts in die Einfahrt hinein, um schließlich in der Garage zu halten.

›Es ist besser, du gehst hoch, André. Wenn sie uns beide hier findet ...‹

›Und was machst du?‹

›Ich gehe auch nach oben.‹

Er hat sogar das Licht ausgeknipst. Wir sind schnell die Treppe hochgelaufen und waren im ersten Stock, als man unten den Schlüssel im Schloss hörte.«

»Hast du deine Mutter an dem Abend noch gesehen?«

»Nein. Ich habe von meinem Zimmer aus gehorcht. Sie hat viel geredet, mit einer ganz hohen Stimme, wie wenn sie betrunken ist, und ist zwischen Boudoir und Bad hin und her gelaufen. Alles, was ich gehört habe, war dieser Wortwechsel auf dem Flur:

›Sprich leiser, Josée.‹

›Warum sollte ich leiser sprechen? Ich bin immer noch hier zu Hause, oder nicht?‹

›André ist ...‹

›Was soll mit André sein? Habe etwa ich ihm beigebracht, seine Mutter zu verachten, ja sie fast zu fürchten, sodass der arme Junge mich kaum noch anzusehen wagt?‹

Dann wurde die Tür geschlossen, und irgendwann bin ich eingeschlafen.«

»Und am nächsten Morgen?«

»Vor der Schule habe ich Mutter nicht zu Gesicht bekommen, wie du dir denken kannst. Mein Vater saß am

Frühstückstisch und sah müde aus. Er hat nichts vom weiteren Verlauf der Nacht erwähnt. Ich habe möglichst ungezwungen gefragt:

›Geht es Mama gut?‹

›Nicht allzu schlecht. Nachher wird es ihr sicher besser gehen.‹«

»Und du weißt immer noch nicht, wohin sie gefahren war?«, fragte Francine.

»Doch. Sie hat es mir gesagt.«

»Wann?«

»Mittags tauchte sie nicht zum Essen auf, und als mein Vater hochging, um sich nach ihr zu erkundigen, fand er die Tür abgeschlossen vor. Als er runterkam, hatte er ein sorgenvolles Gesicht. Ich hörte, wie er Noémie ausfragte.

›Machen Sie sich keine Sorgen, Monsieur. Ich hab sie eben gesehen, und sie machte mir keinen schlechteren Eindruck als letztes Mal.‹«

Mit betrübter Miene fuhr André fort:

»Zum Abendessen ist sie auch nicht erschienen, sie hat sich nur eine Gemüsebrühe nach oben bringen lassen.«

»Und dein Vater hat dir immer noch nichts erzählt?«

»Er hat nur meine Schulter berührt, wie er es in letzter Zeit häufig tut, und dabei leise gemeint:

›Mach dir nicht zu viele Gedanken, Junge. Diese Scharmützel zwischen deiner Mutter und mir sollen dir nicht das Abitur vermasseln.‹

Ich bin in die Mansarde hinauf und habe angefangen zu lernen. Etwa nach einer Stunde ist die Tür aufgegangen, ohne dass ich auf der Treppe Schritte gehört hätte. Es war Mama, in Nachthemd und Morgenmantel.

›Hab keine Angst, André. Ich komme nicht mit schlechten Nachrichten.‹

›Hör mal, Mama …‹

›Nein. Du hörst mir jetzt bis zum Ende zu, und ich bitte dich inständig, mich nicht zu unterbrechen. Weißt du, es kann so nicht weitergehen. Die Situation ist zu schwierig für mich. Es wird Zeit, dass ich dir sage, was mir auf dem Herzen liegt. Am Samstag habe ich mich zu rechtfertigen versucht, weil ich törichterweise glaubte, es bliebe noch Zeit für Rechtfertigungen. Heute Abend will ich dir die Wahrheit sagen, die Wahrheit über jene furchtbare Frau, die du zur Mutter hast …«

Er spürte Francines Hand, die seine suchte und ihm die Fingerspitzen drückte.

»Armer André!«

Aber er wollte kein Mitleid.

»Warum armer André?«

Sie machte schnell einen Rückzieher, nahm ihre Hand weg und stammelte:

»Ich weiß auch nicht. Ich habe versucht, mich an deine Stelle zu versetzen.«

»Als könnte man sich an die Stelle eines anderen versetzen!«

Er sah sie wieder vor sich, wie sie sich fast ruhig gab, aber von einer Energie verzehrt wurde, die ihr magerer Körper kaum auszuhalten schien.

»Hast du dir gestern Abend Sorgen gemacht?«

»Du bist ohne ein Wort gegangen. Als ich den Wagen wegfahren hörte, dachte ich erst, Vater und du wärt zusammen ausgegangen. Aber als ich zum Essen runterkam, deckte Vater dort gerade den Tisch.«

»Hat er nichts zu dir gesagt?«

»Nein. Er wirkte nur müde. Später bin ich nach oben gegangen, um zu lernen, aber ich hatte ein ungutes Gefühl, deshalb bin ich gegen halb elf ohne besonderen Grund wieder hinuntergegangen. Da war er im Wohnzimmer und telefonierte mit Natacha.«

»Ich war nicht bei Natacha.«

»Das hat sie ihm gesagt. Also haben wir zu zweit gewartet und ein bisschen zu lesen versucht. Erst als ich das Auto kommen hörte, bin ich schlafen gegangen.«

»Du hast wohl gefürchtet, mich in einem schlimmen Zustand anzutreffen? Weil ich die Mauer erwischt habe, als ich durchs Tor fahren wollte?«

Er gab keine Antwort darauf.

»Vielleicht war ich tatsächlich betrunken. Streng genommen hätte ich es sein müssen nach der Menge, die ich zu mir genommen hatte. Aber leider war ich genauso klar im Kopf wie jetzt. Weißt du, was ich den ganzen Abend und einen Teil der Nacht gemacht habe?«

»Nein.«

»Ich bin in jeder Bar eingekehrt, an der ich vorüberkam, völlig wahllos, in Kneipen, in die ich noch nie einen Fuß gesetzt und von deren Existenz ich bisher gar nichts gewusst hatte.

Ich wollte einfach nur allein sein, um in Ruhe nachzudenken. Wenn der Kellner anfing, mich schief anzusehen, oder die Gäste tuschelnd zu mir herübersahen, bin ich raus und woanders hingegangen.

Ach ja, und in einer dieser Bars habe ich eine Clique von Jungen in deinem Alter gesehen, Gymnasiasten vermutlich, die mit Mädchen da waren, vielleicht waren Klassenkameraden von dir darunter. Wäre es dir peinlich, wenn sie mich erkannt hätten?«

»Es gibt keinen Grund, warum mir das peinlich sein sollte.«

»Das denkst du, André! Du hast noch Illusionen, was mich betrifft. Ich jedenfalls mag mich nicht und bin auch nicht stolz auf mich.«

Sein Vater wusste, dass sie bei ihm war. Ob es ihn beunruhigte? Vielleicht horchte er unten an der Treppe, ob ihre Stimmen lauter und hitziger wurden?

»Weißt du, was ich dir am Samstag über Natacha erzählt habe, stimmt nicht. Ich weiß selbst nicht, warum ich dir so etwas erzählt habe. Wahrscheinlich wollte ich sie instinktiv verteidigen, weil ihr ihr einfach alles in die Schuhe schiebt.«

Er fragte nicht nach, ob das »ihr« seinen Vater und ihn selbst meinte und was »alles« genau umfasste.

Er fühlte sich bedrückt und resigniert, begehrte nicht mehr auf. Er ließ alles über sich ergehen, überwältigt von Müdigkeit, denn er hatte die Nacht zuvor kaum geschlafen und brauchte seinen Schlaf.

»Natacha – das ist mir gestern klar geworden, als

ich über alles nachdachte – hat ihren Sohn nie wirklich geliebt. Womöglich kommt das häufiger vor, als man denkt, vielleicht ist es ja nur ein Mythos, dass alle Frauen einen Mutterinstinkt besitzen.

Für sie ging es und geht es immer nur um sie selbst.

Sie ist nicht slawischer Herkunft. Sie entstammt keiner bedeutenden russischen Familie, wie sie gerne in Umlauf setzt, sondern ist in Wahrheit in der Pariser Banlieue geboren, in Issy-les-Moulineaux, wo ihr Vater als Briefträger arbeitete und ein Bruder von ihr heute noch eine kleine Schusterwerkstatt besitzt.

Kannst du dir vorstellen, was für einen weiten Weg sie zurückgelegt hat? Wie viele Kenntnisse und Umgangsformen sie sich angeeignet haben muss?

Sie hat immer nur an sich gedacht und wird es bis an ihr Lebensende tun. Ich glaube, anders zu sein wäre ihr gar nicht möglich. Ihr Sohn war nur ein Versehen, und gleich nach der Geburt hat sie ihn an Kindermädchen, später an Gouvernanten weitergereicht.

Ihre Ehemänner und Liebhaber besaßen auch nicht mehr Bedeutung für sie, höchstens unter dem Aspekt, was sie jeweils für ihren Aufstieg tun konnten. Wenn sie heute, vor allem nach ein paar Gläsern Wein, mit vermeintlicher Zärtlichkeit von Jamie spricht, dann nur, weil er ihr noch nützlich sein kann, und sei es für ihre Legendenbildung.

In Wirklichkeit ist sie kalt und berechnend. Es gibt Momente, da hasse ich sie.«

»Warum triffst du dich dann so oft mit ihr?«, fragte er

schüchtern, während sie einen Punkt im Raum fixierte und schwieg.

»Zu wem soll ich mich denn sonst flüchten? Hast du dich das mal gefragt? Die hiesigen Ärzte, mit denen dein Vater Freundschaft geschlossen hatte, haben Frauen, die mich nicht mögen, und ich mag sie auch nicht.

Das sind Spießbürgerinnen, die nach einer kleinkarierten Moral leben, gegen die sie im Übrigen als Erste verstoßen, solange es nur niemandem auffällt.

Von Natacha habe ich dir erzählt, weil ...«

Sie verstummte wieder, als versuchte sie, ihre Gedanken zu ordnen und die richtige Formulierung zu finden.

»Ich bin nicht kalt. Ich bin nicht berechnend. Dennoch habe ich etwas von Natacha in mir. Hätte ich einen anderen Weg eingeschlagen, hätte mein Leben vielleicht ähnlich ausgesehen wie ihres. Es ist eine Art Rastlosigkeit. Das trifft es noch nicht genau. Eine Art Lebenshunger ...«

»Bereust du deine Entscheidungen?«

»Ich weiß es selbst nicht mehr. Ich liebe euch beide, André, das musst du mir glauben, denn in diesem Punkt bin ich unfähig zur Lüge. Dein Vater glaubt mir nicht. Manchmal meint er, ich würde ihn hassen, und tatsächlich kommt es vor, dass ich genau das versuche.

Ich nehme es ihm nicht übel, dass er aus mir die Ehefrau eines Zahnarztes gemacht hat. Ich nehme ihm auch nicht übel, dass wir jahrelang – die besten Jahre, wie man so schön sagt – fast in Armut gelebt haben.

Ich habe mich aufgerieben, bin frühzeitig gealtert. Warum siehst du mich so an?«

»Wie sehe ich dich denn an?«

»Es ist, als hättest du Angst vor dem, was du entdecken könntest.«

»Ich habe keine Angst. Ich bin nur müde.«

»Und da belästige ich dich auch noch in deiner Mansarde und setze dir mit meinen persönlichen Geschichten zu, stimmt's? Aber verstehst du nicht, dass es sein muss, dass du unbedingt die Wahrheit kennen musst?

Es mag noch angehen, dass dein Vater ein falsches Bild von mir hat. Ich bin lange daran gewöhnt und habe es aufgegeben, seine Meinung zu ändern.

Aber du bist mein Sohn. Ich habe dich in meinem Bauch getragen. Ich habe dich so lange wie möglich gestillt, egal wie erschöpft ich war. Was sagte ich gerade, bevor du mich unterbrochen hast?«

»Ich habe dich nicht unterbrochen.«

»Ach ja. Weißt du, was ich ihm nur schwer verzeihen kann, ist, dass ich im Gegenzug nichts von ihm bekommen habe. Er hat mich glauben lassen, dass er mich liebte. Vielleicht glaubte er es ja damals selbst.

Er brauchte jemanden, der für ihn und nur für ihn da ist. Dieser Mensch wollte ich auch sein, aber unter der Bedingung, dass es eine spürbare Liebe ist, eine wirkliche Leidenschaft, die einem über die Schwierigkeiten des Alltags hinweghilft, und nicht nur ein Wort, das man von Zeit zu Zeit ausspricht, wie man ein paar Takte eines Liebeslieds trällert.

Und das ist etwas, mein kleiner André, das dein Vater und ich von Anfang an nicht hinbekommen haben, schon im ersten Jahr unserer Ehe nicht.

Ich habe dir von unserem Freund Canival erzählt. Wir waren so eng mit ihm befreundet, dass dein Vater ihn als seinen Trauzeugen wählte, während ich mich mit einer flüchtigen Bekannten von der Universität zufriedengab.

Es war kaum ein Monat vergangen, da sagte dein Vater eines Abends verlegen zu mir, als wir einen Spaziergang um die Île Saint-Louis machten, wie wir es manchmal taten, um seinen Eltern zu entkommen:

›Ich möchte dich um einen Gefallen bitten, Josée. Oder vielleicht sollte ich es besser ein Opfer nennen.‹

Er war damals schon so verhalten wie jetzt, und es war immer schwer zu sagen, ob ihm etwas naheging oder nicht. Erst später habe ich festgestellt, dass er bei starken Gefühlen blass wird und wie versteinert wirkt.

Ich sagte scherzhaft:

›Im Voraus gewährt, mein Liebster.‹

›Sage das nicht voreilig. Es fällt dir vielleicht schwerer, als du denkst. Es geht um Jean.‹

Wir nannten Canival bei seinem Vornamen und duzten uns alle drei.

›Hat er irgendwelche Schwierigkeiten?‹

›Nein. Und ich schätze, dass er auch künftig keine haben wird. Er ist nicht der Typ Mann, der Schwierigkeiten hat.‹

Ich war überrascht von dem Ernst seiner Worte und von der Feindseligkeit in seiner Stimme.

›Du weißt sehr wohl, dass er in dich verliebt ist. Dass er es schon vor mir war.‹

›Es hat nie etwas zwischen uns gegeben.‹

›Das hast du mir geschworen, und ich möchte dir gerne glauben. Trotzdem ist es mir unangenehm, euch fast jeden Tag zusammen zu sehen. Vielleicht ist es albern, und du wirst mich für eifersüchtig halten, aber ich bitte dich darum, Josée, dass du ihn nicht mehr triffst und dass wir den Kontakt zu ihm ganz einstellen.‹«

André wurde sich plötzlich bewusst, dass seine Eltern damals, als sie dies alles erlebten und jedes Wort so schwerwiegend war, dass es zwanzig Jahre später wiederholt werden würde, nur fünf oder sechs Jahre älter gewesen waren als er.

Er bereitete sich auf sein Abitur vor, spielte mit einer elektrischen Autorennbahn, baute seinen Energieüberschuss durch Gewichtheben ab. Er trank Milch wie ein Kind, beobachtete gebannt, wie zwei Schokoladeneiskugeln von der Bewegung des Mixers herumgewirbelt wurden und allmählich schmolzen.

Und dabei würde er in fünf oder sechs Jahren oder vielleicht auch schon eher …

Seine Mutter fuhr fort:

»Ich habe ihn gefragt:

›Was soll ich ihm sagen?‹

›Nichts. Ich werde mit ihm sprechen.‹

›Was für einen Grund wirst du ihm nennen?‹

›Den wahren Grund. Er wird es verstehen. Du bist meine Frau.‹

An dem Tag habe ich begriffen, wie weit sein Besitzdenken ging. Ich war nicht nur seine Frau, ich war etwas, was ihm gehörte, sein höchst persönliches Eigentum.

Für ihn war es normal, dass seine Mutter bis zwei oder drei Uhr nachts auf ihren Mann wartete, um ihm beim Ausziehen zu helfen und ihn zu Bett zu bringen, wenn er nicht imstande war, es selbst zu tun, und dass sie dabei keinen einzigen Vorwurf hören ließ.

Ihr Leben lang ist sie nicht ohne ihn aus dem Haus gegangen – es sei denn, um im Viertel Einkäufe zu erledigen –, weshalb sie Paris kaum kannte.

›Lässt du mich nicht bei dem Gespräch dabei sein?‹, habe ich ihn gefragt.

›Das würde es nur schwieriger machen.‹

›Das heißt, wenn ich richtig verstehe, habe ich keine Wahl.‹

›Es ist eine Bitte, die ich an dich richte.‹

Zu der Zeit gingen wir noch Arm in Arm, und ich spürte, wie seine Muskeln sich verhärteten.

›Wie lautet deine Antwort?‹

›Natürlich bin ich einverstanden.‹

›In dem Fall werde ich gleich morgen mit ihm reden.‹

›Und was ist, wenn wir ihm irgendwann auf der Straße begegnen?‹

›Nichts spricht dagegen, dass wir uns grüßen, aber eben nicht mehr.‹

Das war der 23. März, und die Bäume am Quai d'Anjou schlugen gerade aus. Ich wusste damals noch nicht, dass dieses Datum eines der einschneidendsten meines Lebens sein sollte.

Jean Canival wohnte in der Rue Saint-André-des-Arts. Vor unserer Ehe hatte ich ihn oft dort besucht, ganz kameradschaftlich, als Studienfreundin. Manchmal hatten wir zusammen gelernt, und er half mir, wenn ich bei einer Aufgabe nicht weiterkam, denn ihm fiel alles erstaunlich leicht.

Ungefähr einen Monat später traf ich ihn abends auf der Straße. Er kam gerade aus einem Bistro gegenüber der kleinen Pension, in der er sein Zimmer hatte.

Ich sah schon von weitem, wie er eine gleichgültige Miene aufzusetzen versuchte und sich anschickte, mich mit einem flüchtigen Gruß vorübergehen zu lassen. Da fiel mir ein, dass noch einige meiner Lehrbücher und Arbeitshefte bei ihm lagen. Vielleicht fand ich auch die Forderungen deines Vaters übertrieben und lächerlich, wenn nicht gar beleidigend.

›Wie geht es dir, Jean?‹

›Und dir?‹

›Mir ist gerade eingefallen, dass du noch Hefte von mir hast.‹

›Ich kann sie dir rasch holen.‹

Es mag eine Dummheit von mir gewesen sein, aber mein Entschluss fiel aus einer Art Trotz heraus:

›Ich bin wohl noch fähig, vier Stockwerke hochzusteigen, selbst bei einer so schlechten Treppe.‹

Ich ging mit hinauf. Es ist nichts passiert.

›Glücklich?‹, hat er mich gefragt.

›Es ist noch zu früh, das zu wissen.‹

›Am Ende findet man immer sein bescheidenes kleines Glück. Ich habe ein Chanson darüber geschrieben: *Même si c'est dans les larmes* …‹«

Seine Mutter stand auf, ging zur Tür und beugte sich über das Treppengeländer. Sie kam zurück und ließ sich wieder in dem einzigen Sessel nieder, während André rittlings auf seinem Stuhl sitzen blieb.

»Ich wollte nur nachschauen, ob er womöglich mithört. Dein Vater war immer schon misstrauisch. Vielleicht besonders seit jenem Tag. Ich bin in die Wohnung seiner Eltern zurückgekehrt, und er hat nichts gesagt, weder an dem Abend noch an den folgenden Tagen. Etwa einen Monat später glaubte ich, ihm eine große Freude zu bereiten, als ich ihm verkündete, dass ich vermutlich schwanger sei.

Aber statt aufgeregt und gerührt zu sein, hat sich sein Gesicht verhärtet.

›Was ist mit dir, Lucien? Du bist ja ganz blass geworden. Freut es dich denn nicht?‹

›Es kommt darauf an.‹

Er sagte es mit einer kalten Stimme, nach außen hin sehr selbstbeherrscht.

›Es kommt worauf an?‹

›Ob es von mir ist oder nicht.‹

›Was willst du damit sagen? Das soll wohl ein Scherz sein!‹

›Über so etwas macht man keine Scherze.‹

›Wie sollte es denn nicht von dir sein?‹

›Ich weiß über deine Besuche in der Rue Saint-André-des-Arts Bescheid.‹

›Ich war nur ein einziges Mal dort.‹

›Zufälligerweise bin ich an dem Tag durch die Straße gelaufen.‹

›Warum hast du mir nichts gesagt?‹

›Wozu?‹

›Ich habe Jean auf dem Trottoir gesehen, und mir fiel ein, dass ich noch Bücher und Hefte bei ihm liegen hatte ...‹

›Die du offenbar gerade dringend brauchtest? So dringend, dass du deswegen dein Versprechen gebrochen hast.‹

›Ich schwöre dir, Lucien ...‹

›Sei unbesorgt. Es wird sich nichts ändern.‹

›Aber du wirst doch nicht weiterhin denken, dass ...‹

›Ich werde so wenig wie möglich daran denken.‹«

War es nicht seltsam, dass es zwanzig Jahre später zu einem ähnlichen Zufall kam? Auch André hatte sich durch eine merkwürdige Verkettung von Umständen in einer Straße befunden, die er nicht einmal kannte, als Francine ihn gedankenlos auf seine Mutter aufmerksam machte.

Und auch er hatte sofort Schlüsse gezogen, die nahe-liegend erschienen.

»Hat er es weiterhin geglaubt?«, fragte er, ohne noch zu wissen, ob er mehr Bedauern über das Schicksal sei-nes Vaters oder das seiner Mutter empfand.

»Bei ihm weiß man nie so richtig. Das Leben ging

weiter, ohne dass er es für nötig hielt, auf das Thema zurückzukommen. Als du geboren wurdest, schien er glücklich darüber. Doch seit jener Sache damals hatte ich immer unter seiner Eifersucht zu leiden.

In Paris bombardierte er mich jeden Abend mit Fragen darüber, was ich den Tag über gemacht hatte, und ich wusste, ich durfte nicht das kleinste Detail auslassen.

Nur widerwillig ließ er sich darauf ein, aus der Wohnung seiner Eltern auszuziehen, wo das Leben für uns beide unerträglich wurde. Er gab mir dann nicht immer Bescheid, bis um wie viel Uhr er in der Zahnmedizinischen Schule sein würde, wo der Stundenplan oft von einer Woche auf die andere wechselte. Auf diese Weise konnte er mich überraschen.

Wir hatten nie richtige Freunde. Verstehst du, André, dass ich ihm nichts vorwerfe, außer dass ich, wie gesagt, nichts von ihm zurückbekam? Freunde und Bekannte, Abendveranstaltungen, auf all das hätte ich verzichten können, wenn ich bei ihm die innige Geborgenheit, die Zärtlichkeit und Heiterkeit gefunden hätte, die ich brauchte.

Aber nein – dein Vater hat immerzu gearbeitet. Er verbringt sein Leben mit Arbeiten, als wäre die Arbeit für ihn ein Alibi.

Als wir diese Villa kauften, hoffte ich eine Zeit lang, unser Leben würde sich verändern. Er lud Mediziner ein, die er kennengelernt hatte. Wir gaben einige Essenseinladungen und Partys. Etwa zwei Jahre lang gingen wir abends hin und wieder miteinander aus.«

André hätte gerne gefragt: »Aber wie ist es, wenn ihr allein seid, zu zweit?« Er konnte sich nicht vorstellen, wie man zwanzig Jahre lang so eng zusammenlebte, Tag für Tag, Seite an Seite, wo doch eine so beunruhigende Frage im Raum stand, die nie beantwortet wurde und womöglich unbeantwortbar blieb.

Während seine Mutter redete, fragte er sich: Sagt sie die Wahrheit oder nicht? Versucht sie nicht eher, sich selbst etwas vorzumachen als mir?

Vermutlich stellte sein Vater sich diese Frage seit zwanzig Jahren. Wusste er auch über die Rue Voltaire Bescheid? Und hatte ihn die Scheidung der Pozzis ins Grübeln gebracht?

Sie schliefen beide im selben Bett, wo sich gelegentlich ihre verschwitzten Körper berührten. Sie zogen sich voreinander aus und an. Sie teilten das Badezimmer miteinander.

»Wir sind Fremde, die gemeinsam leben und schlafen, André. Trotz allem liebe ich ihn noch immer, und ich empfinde Mitleid für ihn, weil ich weiß, dass es eine Obsession, eine Art Krankheit ist.

Selbst wenn er mich nicht in der Rue Saint-André-des-Arts gesehen hätte, wäre es so gekommen. Es liegt in seinem Charakter begründet. Er hat mich von Anfang an als eine Person voller Lebenslust wahrgenommen, während er ein zögerlicher, ein scheuer Mensch ist, der sich am liebsten abschottet.

Ich habe ihm Angst gemacht. Die Vorstellung, was ich alles tun könnte, hat ihm Angst gemacht. Auch die

Vorstellung, ich könnte ein anderes Leben entdecken als das, was ich mit ihm führte.

Er besitzt kein Selbstvertrauen. Er hegt auch keine Sehnsüchte. Er hat geheiratet, um nicht allein zu sein, weil die Menschen nun mal heiraten, aber abgesehen von seiner Eifersucht hat er nie die Leidenschaft kennengelernt und ist gar nicht auf die Idee gekommen, dass eine Frau auch eigene Bedürfnisse hat. Es sind jetzt über vier Jahre, dass er mich nicht angerührt hat.«

Auf der Treppe waren Schritte zu hören, schwere und langsame Schritte.

Seine Mutter sah mit undurchdringlicher Miene auf die Tür und unterdrückte ihren ersten Impuls aufzuspringen. Nach einer recht langen Pause wurde die Tür aufgeschoben.

Sein Vater stand da und blickte sie nacheinander an, wobei sein Gesicht keine Gemütsregung verriet.

»Ich habe mich gefragt, wo du bist«, sagte er zu seiner Frau.

»Ich war hier, wie du siehst. Nicht nur du störst André in seiner Mansarde.«

»Findest du nicht, dass es schon ein bisschen spät ist?«

»Ich wollte gerade runtergehen. Gute Nacht, mein liebster André. Ich wage nicht mehr, ›gute Nacht, Bilot‹ zu sagen, weil ich weiß, dass du es nicht magst.«

»Gute Nacht, Mama. Gute Nacht, Vater.«

Er machte keine Anstalten, sich von seinem Stuhl zu erheben, denn er wollte sie nicht jeweils vor den Augen des anderen küssen.

»Du kannst schon hinuntergehen. Ich komme gleich nach«, sagte seine Mutter.

»Ich warte auf dich«, antwortete sein Vater.

»Wie du möchtest!«

Und sie folgte ihm seufzend hinaus auf die Treppe.

2

Die Wasserpfütze auf der Markise war weiter angeschwollen und drohte mit ihrem Gewicht den Stoff zu zerreißen.

Der Inhaber des Cafés war herausgekommen, in schwarzem Jackett und gestreiften Hosen, und betrachtete sie eine Weile perplex, bevor er wieder im Lokal verschwand.

Er kehrte mit drei Kellnern zurück, die mit Besen bewaffnet waren, und gute fünf Minuten lang hatten die Gäste nur Augen für das Schauspiel, das sich ihnen darbot und dessen Höhepunkte sie mit dem gleichen Ernst verfolgten, mit dem man Feuerwehrleuten beim Hochklettern der ausgezogenen Leiter zusieht.

»Entschuldigen Sie, Monsieur ... Pardon, Madame ...«

Die Kellner stiegen auf Stühle, reckten ihre Besen in die Höhe und versuchten, die schwere Blase anzuheben, um das Wasser über die Ränder der Markise abfließen zu lassen, während der Geschäftsführer ihnen hier und da Anweisungen gab.

Passanten, die kurz zuvor noch über den Gehweg geeilt waren und ihren Schirm wie einen Schutzschild gehalten hatten, blieben stehen, um das Unterfangen zu verfolgen, als wäre es bedeutsam oder gefährlich, und sogar der Polizeibeamte mit der Trillerpfeife im Mund schien sich von weitem dafür zu interessieren.

Auch André und Francine, die so sehr mit sich selbst beschäftigt waren, beobachteten schweigend die Bemühungen der Kellner. Die Stühle waren entweder nicht hoch genug oder die Besen zu kurz.

Schließlich brachte der Inhaber eine Trittleiter herbei. Er ergriff einen der Besen, stieg die Sprossen hoch, streckte den rechten Arm aus und stocherte in der dicken Blase herum, die er in Richtung Straße zu verschieben versuchte. Als es ihm endlich gelang und sich ein mächtiger Schwall Wasser über den Gehweg ergoss, stand er nachgerade als Held da.

»Musst du nicht nach Hause, Francine?«

»Ich habe es nicht eilig. Wir essen um halb acht zu Abend, wegen meiner Brüder, die um acht ins Bett müssen. Aber mein Vater hat oft noch Patienten und muss dann später allein essen.«

»Leistest du ihm manchmal Gesellschaft?«

»So oft ich kann. Hast du mir noch etwas zu erzählen?«

»Ich überlege gerade. Es sind mehr solche Kleinigkeiten, die für sich gesehen belanglos sind, aber in ihrer Häufung Bedeutung gewinnen.«

Er zeigte ein trauriges Lächeln.

»Seit zwei Stunden tue ich genau das, was ich meinen Eltern vorwerfe: Vertrauliches preisgeben. Was beweist, dass ich weniger stark bin, als ich dachte. Dieses Bedürfnis, sich auszusprechen … Indem ich nämlich von meinem Vater und meiner Mutter erzähle, ist es ein bisschen so, als wollte ich mein Gewissen erleichtern. Auch sie versuchen sich beide einzureden, dass sie recht haben. Jeder von ihnen versucht, mit sich selbst ins Reine zu kommen. Wenn ich daran denke, dass ich dich vor zwei Monaten noch gar nicht kannte und wir uns heute erst das fünfte Mal sehen!

Ich hatte mir geschworen, dir nichts zu erzählen, und nun kennst du bereits all unsere Familiengeheimnisse.«

»Bereust du es?«

»Mir wäre lieber, ich hätte sie für mich behalten können.«

»Hast du kein Vertrauen zu mir?«

»Doch. Aber bei genauerem Nachdenken sage ich mir, dass man zu niemandem Vertrauen haben sollte.«

»Du bist ein Pessimist, André.«

Er rang sich ein Lächeln ab.

»Glaube das nur nicht. Ich versuche mir zwar keine Illusionen zu machen, aber ich habe genauso viele wie jeder andere auch. Mein Französischlehrer hält mich für zynisch, weshalb ich kein einziges Mal zehn Punkte für einen Aufsatz erhalten habe.«

»Schreibst du denn, was du denkst?«

»Ja. Mir ist es egal, ob er mir sieben oder auch nur sechs Punkte gibt. Ist dein Vater religiös?«

»Nein. Mama ist es oder war es zumindest. Bis zu meinem achten Lebensjahr bin ich jeden Sonntag mit ihr zur Messe gegangen.«

»Mein Lehrer wirft mir vor, die christlichen Werte

zu vernachlässigen, kein Interesse für die Bibel und die Evangelien zu zeigen und mich ausschließlich für heidnische Mythologien zu begeistern. Er meint, das sei bei mir eine Bildungslücke. Weißt du, dass ich noch nie eine Kirche betreten habe und gar nicht wüsste, wie ich mich dort verhalten muss?«

»Und deine Großeltern?«

»Meine Großmutter geht jeden Morgen zur Messe, aber mein Großvater war nicht gläubig.«

»Wurde sie inzwischen operiert?«

»Ach, das hatte ich ganz vergessen. Es war ein weiterer Anlass für eine Verstimmung. Am Montag hat während des Mittagessens das Telefon geklingelt. Mein Vater hat abgehoben.

›Ja … Ja, am Apparat, Mademoiselle … Hallo? … Pellegrin? … Ich war allmählich schon beunruhigt und wollte dich anrufen … Ich verstehe, ja … Und? … Das wundert mich nicht bei ihr … Zwei? … Ja, dann war es richtig, dass sie operiert wurde … Ich werde ihr Blumen schicken, auch wenn sie wieder schimpfen wird, dass ich nichts Besseres mit meinem Geld anzufangen weiß … Rufst du mich morgen noch mal an? … Das würde mich beruhigen … Man weiß ja nie … Danke …‹

Meine Mutter sah ihn fragend an.

›Das war Pellegrin‹, hat er erklärt, während er sich wieder hinsetzte. ›Meine Mutter wurde heute Morgen um sieben operiert, und man hat ihr zwei Gallensteine entfernt. Um zehn ist sie wieder aus der Narkose aufgewacht und hat eine Tasse Kaffee verlangt.‹

›Warum hast du mir nichts davon erzählt?‹

›Pellegrin rief mich am Samstagmorgen an. An dem Tag hatte ich nicht die Gelegenheit, dir Bescheid zu geben, und gestern habe ich nicht mehr daran gedacht.‹

›Wusstest du davon, André?‹

›Ja, Mama.‹

Da hat sie uns beide nacheinander angesehen, als wollte sie uns wer weiß was für eine Komplizenschaft vorwerfen.«

»Das muss bedrückend sein.«

»Ich habe das Gefühl, wenn ich nach Hause komme, betrete ich eine abgeschlossene Welt, wo nichts die gleiche Bedeutung besitzt wie anderswo, weder die Worte noch die Taten, noch die Blicke. Ein bisschen so, wie wenn man Fische in einem Aquarium betrachtet und sieht, wie sie den Mund öffnen, aus dem jedoch kein Ton herauskommt.

Wir sind drei Menschen, die einander belauern, in ständiger Ungewissheit, was in der nächsten Stunde passieren wird. Alles scheint ruhig, und dann genügt ein einziger harmlos klingender Satz, und plötzlich liegt eine elektrische Spannung in der Luft.

Dienstag war es friedlich. Mama ist den ganzen Tag nicht aus dem Haus gegangen. Ich glaube, sie hat nichts getrunken, auch nicht an dem Abend davor. Sie war still und wirkte wie jemand, der kurz davor ist, eine wichtige Entscheidung zu fällen.

Als ich Dienstagnachmittag gegen halb fünf aus der Schule kam, hörte ich sie in ihrem Zimmer auf und ab gehen, als wäre sie mit einem regelrechten Umzug beschäftigt.

Sie hat keinen Versuch unternommen, mit mir zu sprechen. Als ich zur Abendessenszeit an ihrem Boudoir vorbeiging, sah ich dort drei Koffer stehen, die wie für eine Reise gepackt schienen.

Aber beim Essen war keine Rede von einer Reise. Wir haben nur ein paar banale Sätze gewechselt. Mein Vater sah besorgt aus und hat uns aus den Augenwinkeln beobachtet.

Trotzdem haben sie mich in Frieden gelassen, und ich konnte etwas für die Schule arbeiten.

Am Mittwochvormittag dann hat Noémie – wie ich später erfahren habe – gegen elf Uhr meinen Vater angerufen, um ihm Bescheid zu geben, dass meine Mutter ihr Gepäck hinuntergetragen und ein Taxi gerufen habe.

Ich kann bloß Vermutungen anstellen, denn ich kenne nur Noémies Schilderungen. Zunächst einmal hat sie mir erklärt, sie sei es leid, in einem Haus von Verrückten zu leben, und in ihrem Alter habe sie wohl das Recht, sich zur Ruhe zu setzen und zu ihrer Tochter nach Mouans-Sartoux zu ziehen.

›Da treffe ich wenigstens normale Menschen.‹

Ich nehme an, mein Vater ist, nachdem er seinen Patienten verabschiedet hatte, direkt mit einem Taxi zum Bahnhof gefahren, weil er fürchtete, nicht mehr rechtzeitig zur Villa zu kommen.

Die beiden müssen sich auf dem Bahnsteig getroffen haben, wo der Zug nach Paris erwartet wurde. Ich habe keine Ahnung, was sie miteinander besprochen haben. Ich stelle mir vor, wie Fahrgäste sie verstohlen beobachtet haben, weil sie merkten, dass da etwas im Busch war, wenn sie auch nicht wussten, was.

Als ich zum Mittagessen heimkam, waren beide zu Hause. Die Koffer standen wieder oben im Boudoir, wahrscheinlich hatte mein Vater sie hochgetragen.

Meine Mutter wirkte müde. Ich habe keine Fragen gestellt, mich nur später bei Noémie erkundigt, als wir am Nachmittag allein in der Küche waren.

›Was soll ich Ihnen sagen, junger Mann? In Ihrem Alter kennt man die Frauen noch nicht. Sie wollte, dass man sie aufhält. Sie weiß genau, dass sie völlig hilflos wäre, wenn sie auf sich allein gestellt wäre.‹«

»Hat deine Mutter mit Natacha telefoniert?«

»Falls sie es getan hat, habe ich es nicht gehört. Sie ist auch am Abend nicht ausgegangen, und mein Vater hat sich in sein Hochparterre verdrückt, als wäre nichts gewesen. Heute Mittag standen die Koffer nicht mehr im Boudoir, auch nicht im Schlafzimmer, und ich nehme an, sie wurden wieder ausgepackt.«

»Bist du froh darüber?«

»Was soll ich sagen? Ich weiß nicht mehr, woran ich bin. Beim Essen gab es so etwas wie eine Unterhaltung, als würden beide sich darum bemühen, dass das Leben weitergeht. Womöglich tun sie es nur mir zuliebe.«

Sie sah ihn an, mit der Ehrfurcht, die man gegenüber jemandem empfindet, der einen Unfall überstanden oder eine Tragödie miterlebt hat.

Er mochte jünger sein als sie, aber was er gerade durchlebte, machte ihn in ihren Augen zu einer gewichtigen Persönlichkeit.

»Du stehst das durch, André. Ich muss jetzt nach Hause. Hör zu. Du musst mir versprechen, dass du mich anrufst, falls …«

Sie zögerte weiterzusprechen.

»Falls …?«

»Falls du mich brauchen solltest. Hab keine Scheu vor meinen Eltern. Die werden es gut verstehen.«

Er rief nach dem Kellner, und kurz darauf gingen sie dicht an den Hauswänden entlang durch den Regen, was die Unterhaltung erschwerte.

Als sie gerade einen Zebrastreifen überqueren wollten, erblickte André direkt gegenüber an einem Bretterzaun das Foto von Jean Nival, der sein kindliches Lächeln zeigte und in dessen Augen die pure Lebensfreude stand.

Sie bemerkte, dass er zurückblieb.

»Kommst du?«

Dann fiel ihr Blick auf das Plakat, und sie verstand.

»Denk nicht mehr daran, André.«

»Keine Sorge. Ich betrachte mich nicht als ein Opfer.«

»Glaubst du, dass …«

Sie bereute sofort, sich auf dieses heikle Terrain begeben zu haben.

»Dass er mein Vater sein könnte?«, sprach er es aus. »Das wolltest du doch sagen, oder?«

»Was denkst du?«

177

»Nichts. Ist mir auch egal.«

Bevor sie auseinandergingen, beugte sie sich vor, um ihm einen feuchten Kuss auf jede Wange zu geben, denn sie hatten beide regennasse Gesichter.

»Bis Donnerstag? Es sei denn, du hast zu viel Arbeit.«

»Das kriege ich auf jeden Fall hin.«

»Vergiss nicht, mich bis dahin anzurufen.«

»Versprochen.«

Im Schutz des Vordachs sah sie ihm nach. Er wirkte größer denn je in seinem schwarzen Regenmantel, der ihm um die Waden schlug.

Sie hätte ihn gern noch einmal zurückgerufen. Ihr schien, er habe noch nicht alles gesagt und sie selbst habe nicht die richtigen Worte gefunden.

Er holte sein Moped aus der Garage und hatte erst Schwierigkeiten, den Motor in Gang zu kriegen. Dann bewegte er sich fast eine Stunde lang durch den stockenden Verkehr.

Er war unzufrieden mit sich. Er bereute sein Gespräch mit Francine, die ihren Eltern alles weitererzählen würde, was er ihr anvertraut hatte.

Es war seltsam, aber er fühlte sich zum ersten Mal wie ein Bar. Schon gestern hatte er es Noémie übel genommen, dass sie von einem Haus von Verrückten sprach, und hätte sie beinahe zurechtgewiesen.

Sie waren nur drei Individuen, auf sich selbst zurückgeworfen, jeder mit seinen Problemen und Fragen, die ihn umtrieben.

Wenn er an Paris zurückdachte, erinnerte er sich nur an ein lackiertes Holzställchen in einem Sonnenfleck, an den Hinterhof des Hauses am Quai de la Tournelle. Würde er die Concierge noch wiedererkennen, die ihn durch ihr offen stehendes Fenster beaufsichtigt hatte? Mager war sie gewesen, mit einem Kleid, das auf ihren Schultern hing wie auf einem Kleiderbügel. Er meinte sich auch an Zahnlücken in ihrem Mund zu erinnern.

Möglicherweise hatte man ihm später erzählt, dass sein Vater sie ins Gesundheitszentrum eingeladen hatte und sie die erste Patientin war, der er künstliche Zähne einsetzte.

Ganz genau erinnerte er sich nur noch an den Kanarienvogel.

Für ihren Umzug nach Cannes mussten sie mit der Bahn gefahren sein; daran hatte er keinerlei Erinnerung. Die Wohnung am Boulevard d'Alsace war dunkel gewesen, und als Kind schien ihm, als würde dort ein feiner grauer Staub in der Luft schweben. Manchmal hatte er sogar versucht, ihn einzufangen.

Dass durch den Flur Leute kamen und gingen, nahm er als selbstverständlich hin, und ab und zu konnte er nicht widerstehen – vielleicht, weil es verboten war – und öffnete einen Spalt weit die Tür des Wartezimmers, wo die Männer und Frauen rings entlang der Wände saßen.

Es waren vor allem Bauersleute aus der Umgebung, die stundenlang unbewegt dort saßen und vor sich hin starrten.

Auch seine Eltern hatten ihre Erinnerungen, Erinnerungen, die er nicht kannte und die dennoch eine wichtige Rolle in ihrem Leben spielten.

Eines Tages hatten sie sich zum ersten Mal geküsst. Hatten Händchen gehalten. Hatten lächelnd Pläne für die Zukunft geschmiedet.

Und diese Zukunft lebten sie nun und erkannten sie wahrscheinlich nicht wieder.

Sie mussten glauben, dass André sie kritisch beäugte und schonungslos beurteilte, dabei hatte er sich ihnen nie so nahe gefühlt.

Er bedauerte, dass er ihnen so bockig begegnet war, und wahrscheinlich würde er auch weiter aufbegehren, wenn er das Gefühl hatte, sein eigenes Leben verteidigen zu müssen.

Er passierte das Tor. In der Einfahrt hatten sich Pfützen gebildet. Das Rosa der Hauswände wirkte im Regen viel dunkler. Er lehnte sein Moped an die Garagenmauer.

Als er ins Haus kam, überraschten ihn die Stille, die Unbewegtheit der Luft und der Dinge.

»Ist jemand da?«

»Ich bin da!«, erklang Noémies Stimme aus der Küche.

»Ist Mama ausgegangen?«

Dabei hatte er gerade den roten Wagen in der Garage gesehen.

»Ich weiß nicht, ob sie ausgegangen ist oder ob sie schläft.«

»Ist mein Vater noch nicht zurück?«

Es war nach acht.

»Er wird sicher gleich kommen, und falls er sich nicht ein Taxi nimmt, wird er so nass sein, dass er sich vor dem Essen erst mal umziehen muss.«

Er ging nach oben. Die Türen von Elternschlafzimmer und Boudoir waren geschlossen. Die reglose Stille machte ihn immer noch beklommen, und er sah mit finsterer Miene zu, wie der Regen über die Scheiben rann. Er musste das Licht anschalten. Er zog seine nasse Hose, dann das Hemd aus, das ihm am Leibe klebte.

»Bist du da, André?«

Die Stimme seines Vaters am Fuß der Treppe.

»Ja, Papa.«

»Kommst du herunter?«

»Gleich. Ich ziehe mich gerade um.«

Ihm schien, als hätte sich mit der Dämmerung etwas wie ein Geheimnis in die Villa geschlichen. Er konnte es kaum erwarten, dass die Fensterläden geschlossen und die Lampen angeschaltet wurden, damit er sich in eine Atmosphäre der Alltäglichkeit flüchten konnte.

3

st Mama nicht da?«

Er sah nur zwei Gedecke auf dem Tisch.

»Ist sie abgereist?«

»Nein. Sie geht in der Stadt essen.«

»Mit Natacha?«

Er brachte es mit unterdrückter Wut hervor, den Kopf trotzig erhoben.

»Ich selbst habe ihr dazu geraten.«

»Aha.«

Er war enttäuscht, als hätte sein Vater sie beide verraten.

»Mach dir keine Sorgen. Ich bin sicher, dass sie heute Abend frühzeitig nach Hause kommt und alles gut wird.«

Er blieb dennoch verstimmt. Um ihn zu besänftigen, sagte sein Vater vorsichtig:

»Ich muss nachher mal mit dir reden, André.«

»Sollen wir in dein Zimmer gehen?«

»Warum in mein Zimmer?«

»In dein Zimmer oder in die Mansarde, wie es dir lieber ist. Es sei denn, du möchtest lieber im Wohnzimmer bleiben.«

»Nein.«

Sein Zimmer im ersten Stock war ihm heute lieber, in der Mansarde kamen zu viele Erinnerungen hoch.

»Was willst du mir sagen?«

»Hast du es eilig?«

Die zeremonielle Art seines Vaters machte ihn so nervös, dass seine Finger zu zittern anfingen. Er wollte möglichst rasch hören, was er zu sagen hatte, und es noch schneller hinter sich bringen.

Um sie herum die Bücher und Schallplatten, das schon aufgeschlagene Bett, die nasse Hose und das nasse Hemd in einer Ecke.

»Du darfst dich gern auf den Boden legen, wenn du willst.«

»Nicht heute Abend.«

Er setzte sich seinem Vater gegenüber.

»Wir drei haben gerade eine Krise durchgemacht, mein armer André. Und wir müssen damit rechnen, dass es nicht die letzte war. Ich bitte dich, entspann dich. Hör mir in Ruhe zu.«

»Ich bin ruhig.«

»Hast du Francine gesehen?«

»Wir haben uns in Nizza getroffen.«

»Und hast du ihr alles erzählt?«

»Hätte ich das nicht tun sollen?«

»Im Gegenteil. Das hat dir sicher gutgetan. Ich weiß, dass deine Mutter mit dir gesprochen hat. Und ich weiß so ungefähr, was sie dir erzählt hat.«

Er wartete voller Anspannung auf das, was er für die

entscheidenden Sätze hielt. Und da sein Vater nicht sogleich fortfuhr, platzte er mit der Frage heraus:

»Es ist nicht wahr, oder?«

»Es ist wahr, dass ich Fehler gemacht habe, allerdings nicht in dem Ausmaß, wie sie es mir vorwirft. Ich bin aber nicht zu dir gekommen, um mich zu verteidigen. Wenn ich jemanden verteidigen sollte, dann sie.

Ich glaube, ich habe sie gleich vom ersten Tag an geliebt. Ich liebe sie immer noch genauso und sogar mehr. Nur habe ich sie anscheinend schlecht geliebt, da es mir nicht gelungen ist, sie glücklich zu machen.«

Das war nicht, was er erwartet hatte, und innerlich begann er schon wieder eine Abwehrhaltung einzunehmen, wie wenn man ihn in seiner Mansarde aufstörte.

»Du bist sechzehneinhalb. Und wir haben dich, ohne es uns bewusst zu machen, in die Probleme von Vierzigjährigen hineingezogen.

Es stimmt, dass ich, als ich deine Mutter kennenlernte, ein schüchterner und verschlossener junger Kerl war, der keine große Lebenserfahrung und noch weniger Erfahrung mit Frauen hatte.

Mein Traum war es, nach dem Medizinstudium einer dieser mehr oder weniger unscheinbaren Wissenschaftler zu werden, die im Dachgeschoss des Institut Pasteur forschen. Wer weiß, vielleicht hätte ich mit Hartnäckigkeit und Ausdauer auch meine kleine Entdeckung gemacht? Du weißt nichts davon – fast niemand weiß es –, aber in der Prothetik gibt es ein Verfahren, das meinen Namen trägt.«

Er wurde rot, als schämte er sich dieser Anwandlung von Stolz.

»Deine Mutter dagegen sprühte nur so vor Vitalität, und das war es wahrscheinlich, was mich zu ihr hinzog.

Im Grunde könnte ich an dieser Stelle abbrechen. Alles Weitere ist meine Schuld, und das wollte ich dir heute Abend verständlich machen.

Von uns beiden hatte sie es immer schwerer, denn sie konnte nicht einfach allem entfliehen, konnte sich nicht wie ich täglich zehn Stunden in eine Praxis oder abends in ein einsames Labor zurückziehen.

Sie war Canivals Geliebte. Das hat sie mir nie verheimlicht, auch nicht, dass sie vor ihm schon mit anderen Männern zusammen gewesen war. Warum sollten wir es ihr heute vorwerfen? Hatte sie nicht das Recht, ihr Leben so zu führen, wie sie es wollte, ohne sich um die Meinung anderer zu kümmern?

Auch meine Mutter, die als Kellnerin arbeitete, war keine Jungfrau mehr, als mein Vater mit ihr zusammenkam.

Ich wusste darüber Bescheid. Ich akzeptierte es. Und doch habe ich seit den ersten Tagen unserer Ehe damit gehadert.

Deine Mutter hat mir nicht alles verraten, was sie dir in den letzten Tagen erzählt hat, aber das brauchte sie auch nicht. Es sind Dinge, die sie mir regelmäßig an den Kopf wirft, wenn sie verzweifelt ist. Verstehst du, Junge?«

André nickte, während er dem Regen lauschte, der an die Fensterläden peitschte.

»Ich war eifersüchtig, obwohl es dafür keinen Anlass gab. Ich wusste, dass sie Canival weiterhin traf, und bat sie, den Kontakt mit ihm einzustellen.«

»Mama hat es mir erzählt.«

»Nur haben sich die Wahrheiten deiner Mutter über die Jahre gewandelt, weißt du. Vielleicht ist es meinetwegen, aber sie kann nicht mehr zugeben, dass sie so ist, wie sie ist, und sie versucht sich eine Vergangenheit zu konstruieren, die sie beschwichtigt.

Ich bin ein einfach gestrickter Mann, André, aber ich bin nicht so ein Ungeheuer, wie du vielleicht denkst.

Mir ist bewusst, dass du deine Mutter brauchst, aber ich denke, es ist für dich auch wichtig, dir eine gewisse Zuneigung zu deinem Vater zu bewahren.

Mama hat dich belogen, ohne es zu wollen, indem sie die Wahrheit verzerrt hat, denn wenn sie ihr ins Auge blicken würde, könnte sie sich selbst nicht mehr leiden.

Ihr Leben lang hat sie sich darum bemüht, sich eine Bedeutung zu geben, eine wichtige Rolle zu spielen, gehört und bewundert zu werden.

Ich habe mich getäuscht, in ihr wie in mir selbst. Ich dachte irrtümlicherweise, ich könnte sie ändern und ihr Freude am Leben schenken.

Glaube mir, für die Zahnarztausbildung habe ich mich ihretwegen entschieden, damit sie schneller zu einem gewissen Wohlstand gelangte. Ihr zuliebe bin ich auch nach Cannes gezogen, denn sie sehnte sich nach

Sonne, und anders, als es die Legende will, an der sie strickt, hatte sie von Anfang an eine Putzfrau. Ich behaupte nicht, dass ich mich aufgeopfert hätte, du sollst nur wissen, dass ich mein Möglichstes getan habe.

Der Rest ist komplizierter ...«

»Vielleicht kann ich es ja verstehen.«

»Wenn sie andere Männer gehabt hat und sie immer noch braucht, dann nur um sich ihrer selbst zu versichern. Sie könnte heute mit einem berühmten Mann zusammenleben, mit ihm um die Welt reisen. Ich frage mich allerdings, ob es etwas geändert hätte. Es hat viele Männer gegeben, mein Junge.«

»Pozzi?«

»Unter anderem. Ich habe dazu geschwiegen. Ich wusste fast immer Bescheid, und jedes Mal wartete ich darauf, dass es zu Ende ging. Und dieses Hinnehmen, das sie für Trägheit und Gleichgültigkeit hält, konnte sie ebenfalls nicht akzeptieren.

Als sie vorgestern ihre Koffer gepackt hat, wollte sie nach Paris fahren und die Scheidung einreichen. Deinetwegen, weil ihr klargeworden war, dass du Bescheid wusstest. Das hat sie mir gesagt, in einem ihrer ehrlichen Momente.

In solchen Momenten schämt sie sich und ist furchtbar unglücklich. Sie hat dich in Nizza auf der Straße gesehen, als sie aus einem Stundenhotel kam.«

»War es Nival?«

»Nein. Ein Croupier aus dem Casino.«

Sein Vater erhob sich schwerfällig.

»Das ist alles, Sohn. Ich habe sie überreden können zu bleiben. Sie braucht deine Unterstützung noch dringender als meine. Heute Abend hat sie sich mit Natacha zum Essen verabredet, um ihr mitzuteilen, dass sie sie nicht mehr treffen wird …

Sie weiß, dass wir beide allein sind und ich mit dir rede. Morgen wird sie in deinem Gesicht nach den Spuren dieses Gesprächs suchen. Ich wünsche mir sehr, dass du ihr ein bisschen Zuneigung zeigst! Nicht Mitleid, sondern Zuneigung.«

Er ging mit zögernden Schritten zur Tür, dann drehte er sich noch einmal um und sagte leise:

»Vielleicht gelingt dir das besser als mir. Gute Nacht, André.«

Er verschwand, auch er deformiert, verzerrt, durch seine eigenen Worte wie durch die seiner Frau. Beide erinnerten jetzt an das Spiegelbild im Schrank von Madame Jamet in Rocheville.

Etwas wie ein Schluchzen erklang aus dem Flur.

André stand ebenfalls auf, mit weichen Knien und leerem Kopf, blieb mitten im Zimmer stehen und betrachtete seine Schallplatten und Bücher. Ein Chemiebuch lag aufgeschlagen auf seinem Tisch.

Erst einmal musste er seine Prüfungen bestehen, ganz gleich, was sie sagten, was sie taten oder dachten.

Dann war immer noch Zeit, dass sein Leben als Mann begann.

Épalinges (Vaud), 21. Oktober 1965

DIE GROSSEN ROMANE
Band 86

Georges Simenon
Im Falle eines Unfalls
Aus dem Französischen von
Hansjürgen Wille und Barbara Klau
224 Seiten, Taschenbuch
ISBN 978-3-455-01412-9
Atlantik Verlag

Die junge Yvette schlägt sich mehr schlecht als recht durchs Leben, vor allem die Männer geben ihr zu tun. Aber sie weiß, die Waffen, die ihr als Frau gegeben sind, geschickt einzusetzen. Nach einem missglückten Raubüberfall bittet sie einen Anwalt um Hilfe, der ihr vollkommen verfällt und um ihren Freispruch kämpft. Während er seine Ehe und sein Ansehen zunehmend für Yvette aufs Spiel setzt, wird die Affäre nicht nur ihm gefährlich – denn es gibt da einen weiteren Mann, der Yvette leidenschaftlich verfallen ist.

Der Roman wurde 1958 mit Brigitte Bardot und Jean Gabin verfilmt.

»Simenons Figuren sind Prototypen ihrer Zeit –
und bis heute nicht gealtert.«
Sebastian Hammelehle, *Spiegel Online*

DIE GROSSEN ROMANE
Band 96

Georges Simenon
Der Teddybär
Aus dem Französischen von Ingrid Altrichter
208 Seiten, Taschenbuch
ISBN 978-3-455-01410-5
Atlantik Verlag

Der angesehene Pariser Gynäkologe und Chirurg Jean Chabot kann sich nicht mehr auf seine Arbeit konzentrieren: Er wird von einem Unbekannten verfolgt, der sein Leben bedroht. Chabot kann mit niemandem darüber sprechen, geht es doch um eine unglückliche Affäre, die unbedingt geheim bleiben muss. Während ihm seine Assistentin den Rücken freihält, entgleitet dem Arzt zunehmend die Kontrolle. Schließlich fasst er einen Entschluss, für den ein hoher Preis zu zahlen ist.

»Das Allzumenschliche ... hat Simenon unnachahmlich aus Kitsch und scharfsinniger Psychologie, aus Kolportage und großartigem Realismus entwickelt.«
Franz Schuh, *Die Zeit*